HEYNE<

CORY DOCTOROW
IM HEYNE VERLAG

Die LITTLE-BROTHER-Trilogie:
Little Brother – Aufstand
Little Brother – Revolution
Little Brother – Sabotage

Einzelromane:
Backup
For the Win
Walkaway
Red Team Blues

Novellen:
Wie man einen Toaster überlistet

Cory Doctorow

Wie man einen Toaster überlistet

Roman

Aus dem Englischen von
Jürgen Langowski

WILHELM HEYNE VERLAG
MÜNCHEN

Titel der Originalausgabe:
UNAUTHORIZED BREAD

Der Verlag behält sich die Verwertung der urheberrechtlich geschützten Inhalte dieses Werkes für Zwecke des Text- und Data-Minings nach § 44b UrhG ausdrücklich vor. Jegliche unbefugte Nutzung ist hiermit ausgeschlossen.

Penguin Random House Verlagsgruppe FSC® N001967

2. Auflage

Deutsche Erstausgabe 05/2019
Redaktion: Joern Rauser
Copyright © 2018 by Cory Doctorow
Copyright © 2019 der deutschsprachigen Ausgabe
by Wilhelm Heyne Verlag, München,
in der Penguin Random House Verlagsgruppe GmbH,
Neumarkter Straße 28, 81673 München
produktsicherheit@penguinrandomhouse.de
(Vorstehende Angaben sind zugleich
Pflichtinformationen nach GPSR.)

Printed in Germany
Umschlaggestaltung: Das Illustrat, München
Satz: Schaber Datentechnik, Austria
Druck und Bindung:
Friedrich Pustet GmbH & Co. KG, Regensburg

ISBN: 978-3-453-32015-4

diezukunft.de

So fand Salima heraus, dass Boulangism pleite war: Ihr Toaster akzeptierte das Brot nicht mehr. Sie hielt die Scheibe davor und wartete darauf, dass ihr der Bildschirm das Emoji mit dem Daumen nach oben zeigte, doch stattdessen erschien das Symbol, das sich am Kopf kratzte. Gleichzeitig war ein leises *Brrt* zu hören. Noch einmal wedelte sie mit der Scheibe Brot. *Brrt.*

»Nun mach schon.« *Brrt.*

Sie schaltete den Toaster aus und wieder ein. Dann zog sie den Stecker, zählte bis zehn und schloss das Gerät erneut an. Schließlich arbeitete sie sich durch die Menüs, bis sie den Punkt »Auf Werkseinstellungen zurücksetzen« gefunden hatte. Sie wartete drei Minuten und gab das WLAN-Passwort neu ein.

Brrt.

Schon lange bevor sie diese Phase erreichte, wuchs die Gewissheit, dass es vergebliche Liebesmüh war. Aber so machte man es eben, wenn ein elektronischer Apparat nicht mehr funktionierte, damit man anschließend die 800er-Nummer anrufen und sagen konnte: »Ich habe das Gerät aus- und wieder eingeschaltet, ich habe den Stecker gezogen und alles auf die Werkseinstellungen zurückgesetzt …«

Der Touchscreen des Toasters riet ihr, den Support zu kontaktieren, aber der entsprechende Menüpunkt funktionierte nicht. Deshalb suchte sie die Nummer am Kühlschrankdisplay heraus und wählte. Es läutete siebzehnmal, dann wurde die Verbindung getrennt. Sie seufzte schwer. *Schon wieder ein Gerät im Eimer.*

Der Toaster war nicht das erste Küchengerät, das den Geist aufgegeben hatte – diese Ehre gebührte dem Geschirrspüler, der eine Woche vorher, als Disher insolvent geworden war, aufgehört hatte, das Geschirr von Drittherstellern zu akzeptieren. Aber das hier brachte das Fass zum Überlaufen. Abwaschen konnte sie zur Not von Hand, aber wie zum Teufel sollte sie sich jetzt einen Toast zubereiten? Über einer Kerze vielleicht?

Um ganz sicherzugehen, fragte sie den Kühlschrank nach Schlagzeilen über Boulangism, und dann kam es. Buchstäblich über Nacht war die Blase geplatzt. In den sozialen Netzwerken meldeten sich unzählige wütende Betroffene wegen ihres Frühstückstoasts. Sie tippte auf eine Schlagzeile und erfuhr, dass Boulangism schon seit mindestens sechs Monaten als Geisterschiff galt. So lange versuchten die Sicherheitsforscher bereits, die Firma zu erreichen und den Verantwortlichen zu erklären, dass alle Nutzerdaten – Passwörter, Log-ins, Bestell- und Rechnungsdaten – ohne jegliche Sicherung oder Verschlüsselung im Internet frei zugänglich waren. In der Datenbank fanden sich sogar Lösegeldforderungen – von den Hackern eingefügte Datensätze, in denen sie Zahlungen in Kryptowährung verlangten, wenn sie das schmutzige Geheimnis, wie schlampig Boulangism mit den Daten umging, für sich behalten sollten. Die Firma war praktisch abgetaucht.

Im Laufe des letzten Jahres war der Aktienkurs von Boulangism um achtundneunzig Prozent gefallen. Vielleicht existierte das Unternehmen überhaupt nicht mehr. Unter dem Firmennamen hatte sich Salima immer die französische Bäckerei vorgestellt, die auf dem Bildschirmschoner des Toasters zu sehen war. Überall Mehlstaub, klobige Holztische mit dicht an dicht liegenden knusprigen Brotlaiben. Sie hatte an eine knarrende Treppe gedacht, die von der Bäckerei nach oben zu den beengten Büros führte, aus denen man das Kopfsteinpflaster der Straße sah. Und die Gaslaternen.

Der Artikel enthielt eine Straßenansicht des Hauptsitzes von Boulangism. Es war ein vierstöckiges Bürogebäude in Pune in der Nähe von Mumbai, hinter einer Mauer gelegen und mit einem unbesetzten Wachhäuschen am Eingang.

Die Boulangism-Blase war geplatzt, und das bedeutete, dass niemand mehr antwortete, wenn Salimas Toaster sich erkundigte, ob das Brot, das die

Besitzerin rösten wollte, von einem autorisierten Boulangism-Bäcker stammte, was in diesem Fall sogar zutraf. Da keine Antwort kam, ging der paranoide kleine Apparat davon aus, dass Salima zu den ruchlosen Betrügern zählte, die einen Boulangism-Toaster mit Preisnachlass gekauft hatten und dann ihren Teil der Abmachung nicht einhielten und unautorisiertes Brot hineinschoben. Die Konsequenzen dieser Tat reichten von schlechten Toastergebnissen bis zu einem Brand in der Küche. Boulangism war fähig, den Toastvorgang in Echtzeit anzupassen und dabei die Luftfeuchtigkeit in der Küche oder das Alter des Brots zu berücksichtigen. Natürlich weigerte sich das Gerät zum Wohl der Benutzer, Brot zu toasten, das über die Maßen altbacken war; von der Gewinneinbuße für die Firma und die Anteilseigner mal ganz zu schweigen. Ohne Profit gab es keine überschüssigen Mittel, die man in Forschung und Entwicklung stecken konnte, um unablässig Verbesserungen zu ersinnen. Kaum ein Tag verging, an dem Salima und Millionen andere Boulangism-Berechtigte (sie waren keineswegs einfach nur »Kunden«) aufwachten, ohne eine aufregende neue Firmware für die geliebten Toaster zu bekommen.

Und die Bäckereipartner von Boulangism? Sie hatten das Richtige getan, indem sie eine Boulangism-Lizenz beantragt und ihre Herstellungsprozesse den Inspektionen und der Qualitätssicherung unterworfen hatten, die dafür sorgten, dass ihr Brot genau die nötige Zusammensetzung hatte, damit es in den Präzisionsgeräten von Boulangism perfekt getoastet werden konnte. Röstung und Saugfähigkeit waren exakt ausgewogen, damit das Brot die Butter und andere Aufstriche aufnehmen konnte. Die geschätzten Partnerunternehmen hatten es verdient, dass ihr Streben nach höchster Qualität honoriert wurde. Das alles durfte nicht durch Schnäppchenjäger und Spitzbuben gefährdet werden, die niederträchtigerweise irgendein hergelaufenes altes Brot toasten wollten.

Salima kannte diese Argumente. Es wäre nicht nötig gewesen, dass ihr dummer Toaster nach drei erfolglosen Brotautorisierungsversuchen auch noch ein Video abspielte, um ihr das alles darzulegen. Es gab keinen Pausenknopf und keine Stummschaltung – anscheinend eine Kombination aus Strafe und Umerziehungsmaßnahme.

Am Kühlschrank suchte sie nach »Boulangism Hacks« und »Boulangism Entsperrcodes«, doch die Geräte hielten zusammen. Die Netzwerkfilter von KitchenAid fingen ihre Suchanfragen ab und behaupteten höhnisch, es gäbe »keine Ergebnisse«, obwohl Salima ganz genau wusste, dass sich eine ganze Untergrundökonomie mit unautorisiertem Brot befasste.

In einer halben Stunde musste sie zur Arbeit, und sie hatte noch nicht einmal geduscht, aber verdammt, erst der Geschirrspüler und jetzt der Toaster. Sie holte den Laptop, den sie gebraucht gekauft hatte und der inzwischen kaum noch funktionierte. Der Akku war längst kaputt, und sie musste die Zahnbürste abklemmen, um an ein freies Ladekabel zu kommen. Nachdem sie gebootet und das Gerät ein Dutzend Softwareupdates geladen hatte, konnte sie endlich den Darknetbrowser starten, den sie dort installiert hatte, und sich gründlich umsehen.

An diesem Tag kam sie fünfundvierzig Minuten zu spät zur Arbeit, aber zum Frühstück hatte es Toast gegeben. Verdammt auch.

Als Nächstes war der Geschirrspüler an der Reihe. Sobald Salima das richtige Forum gefunden hatte, wäre es verrückt gewesen, den Apparat nicht freizuschalten. Schließlich hatte sie ihn bezahlt, und jetzt war er nur noch Elektroschrott. Sie war keineswegs die Einzige, bei der fast gleichzeitig die Geräte von Disher und Boulangism ausgefallen waren. Ein paar arme Schlucker hatten das Pech, gleich mehrere Geräte von HP-Newscorp zu besitzen – Kühlschränke, Zahnbürsten und sogar Sexspielzeug. Durch einen Ausfall des Cloudproviders Tata waren sie auf einen Schlag unbrauchbar geworden. Diese Störung hatte zwar nichts mit Disher / Boulangism zu tun, aber alle waren sich einig, dass das Timing mehr als unglücklich war.

Wie Salima herausfand, gab es für den Niedergang von Disher und Boulangism tatsächlich einen gemeinsamen Grund. Die Aktien beider Firmen waren börsennotiert, und Summerstream Funds Management, der größte Hedgefonds auf der Erde, der 184 Milliarden Dollar verwaltete, hatte mehr als zwanzig Prozent der Aktien gekauft. Summerstream war ein »aktiver Investor« und konzentrierte sich vor allem auf Aktienrückkäufe. Sobald der Hedgefonds in den Aufsichtsräten der beiden Firmen einen Sitz beanspruchen konnte – beide wurden von Galt Baumgardner wahrgenommen, einem Juniorpartner des Hedgefonds, der aus einer sehr angesehenen Familie aus Kansas stammte –, hatten sie einen Berater von Deloitte angeheuert, um die Finanzen der Firmen zu überprüfen und ein Rückkaufprogramm zu empfehlen, das den Anteilseignern eine satte Wertsteigerung bescherte, ohne das operative Vermögen der Firmen so weit zu beschneiden, dass die Unternehmen in Gefahr gerieten.

Natürlich war das alles mathematisch belegt. Die Firmen konnten es sich leisten, ein paar Milliarden an die Anteilseigner zu übertragen. Sobald man dies festgestellt hatte, blieb den Aufsichtsräten gar nichts anderes übrig, als treuhänderisch für den Antrag zu stimmen, was ihnen ohnehin recht gelegen kam, weil auch sie dicke Aktienpakete besaßen. Ein paar Milliarden Dollar später wären die Firmen schlank, bissig und kampfbereit und vermissten das Geld überhaupt nicht mehr.

Ups.

Summerstream gab eine Presseerklärung heraus (die in den Foren, die Salima jetzt wie besessen las, oft zitiert wurde) und schob es auf die »Volatilität« und »Alpha«, und es sei »sehr unglücklich und enttäuschend verlaufen«. Sie waren zuversichtlich, dass die beiden Firmen, vielleicht nach einem raschen Verkauf an einen Konkurrenten, durch eine Restrukturierung die Insolvenz bald überwinden würden, sodass in ein oder zwei Monaten alle wieder Brot toasten und Geschirr spülen konnten.

So lange wollte Salima nicht warten, und so leicht wollte sie Boulangism nicht davonkommen lassen. Nachdem sie die neue Firmware aus dem Darknet heruntergeladen hatte, nahm sie die Verkleidung des Geräts ab (sie musste drei Kontrollsiegel und einen großen Warnaufkleber durchschneiden, der ihr mit Elektroschocks und Strafverfolgung oder sogar beidem gleichzeitig drohte, falls sie wirklich so dumm wäre, die Warnung zu missachten), suchte eine bestimmte Komponente und schloss beim Neustart des Geräts zwei Pins mit einer Pinzette kurz. So kam der Toaster in einen Testmodus, den die Hersteller deaktiviert, aber nicht entfernt hatten. Als sie die Verkleidung abgenommen hatte, waren USB-Anschlüsse, ein Monitoranschluss und sogar eine kleine Netzwerkbuchse zum Vorschein gekommen; das alles gehörte standardmäßig zu dem verbreiteten Einplatinenrechner, der das Gerät steuerte. Sobald der Testbildschirm sichtbar wurde, musste sie den USB-Stick genau im richtigen Augenblick einführen und auf der eingeblendeten Tastatur den Benutzernamen und das Passwort eintippen: »admin« und noch einmal »admin«. Aber natürlich.

Sie brauchte drei Versuche, bis das Timing stimmte. Beim dritten Anlauf wich der schlichte Log-in-Bildschirm der kitschigen ASCII-Animation der illegalen Firmware. Es war ein dreidimensionaler Totenkopf. Sie lächelte und lachte laut, als ein ASCII-Toast herbeiflog, den der Totenkopf fröhlich mampfte. Die Krümel regneten zum unteren Rand des Bildschirms hinab und sammelten sich zu stetig wachsenden kleinen Haufen. Irgendjemand hatte sich mit dieser lächerlichen kleinen Animation viel Mühe gegeben. Salima fühlte sich gut, denn sie hatte den Eindruck, ihren Toaster nachdenklichen, ernsthaften Könnern anzuvertrauen und nicht irgendwelchen Wilden, die es nur darauf anlegten, die gesichtslosen Programmierer einer großen dummen Firma zu übertrumpfen.

Die Krümel sammelten sich, der Schädel mampfte, und der Fortschrittsbalken sprang von zwölf auf 26 Prozent, dann auf 34, wo er zehn Minuten lang verharrte, bis sie fast schon bereit war, den Stecker zu ziehen und das Gerät endgültig zu schrotten. Aber dann sprang die Anzeige auf 58 Prozent, und so ging es weiter, bis sie bei 99 Prozent abermals quälend lange warten musste. Schließlich flogen die Krümel vom Boden des Bildschirms wieder hoch, sausten rückwärts durch den Mund des Schädels heraus und verwandelten sich in die Scheibe Toastbrot zurück. Hinter der Wolke aufsteigender Krümel war der Totenkopf kaum noch zu sehen. Zuletzt brannte sich die Meldung VOR-

GANG ABGESCHLOSSEN in die Toastscheibe ein, von der inzwischen glänzende Butter tropfte. Als sie zum Handy greifen und den beeindruckenden illegalen Startbildschirm fotografieren wollte, blinkte das Display, und der Toaster startete sich neu.

Ein paar Sekunden später hielt sie eine Scheibe Brot vor den Sensor des Toasters und beobachtete, wie sich die Lampe grün färbte und die Klappe aufging. Als sie den Toast halb verspeist hatte, wurde sie neugierig. Sie hielt die Hand vor den Toaster und zeigte ihm die Handfläche, als wäre sie eine Scheibe Brot. Das Licht wechselte zu Grün, und die Klappe ging auf. Sie war in Versuchung, eine Gabel, eine Serviette oder einen Apfelschlitz zu toasten, um zu testen, ob der Toaster es tatsächlich tat, hielt sich aber zurück. Natürlich würde er es tun.

Es war jetzt ein ganz neuer Toaster. Ein Toaster, der Befehle annahm, statt sie zu erteilen. Ein Toaster, der ihr genug Spielraum gab, um sich selbst umzubringen. Sie konnte einen Akku oder eine Haarspraydose grillen, oder was auch immer sie sonst wollte. Vor allem aber unautorisiertes Brot. Sogar selbst gebackenes Brot. Bei der Vorstellung wurde ihr ein wenig flau und zittrig. In Büchern hatte sie gelesen, dass es so etwas gab, und in alten Filmen hatte sie es auch gesehen, aber sie kannte niemanden, der tatsächlich Brot backte. Das war, als wollte man Möbel aus Baumstämmen herausknabbern oder so.

Die Zutaten waren unglaublich simpel. Der erste Brotlaib sah aus wie ein Hundehaufen-Emoji, schmeckte aber, noch warm aus dem kleinen Toaster, wirklich erstaunlich. Der Laib – na gut, der Klumpen –, den sie aufhob und am nächsten Morgen toastete, war sogar noch besser, und erst recht, als sie Butter daraufstrich. An diesem Tag ging sie mit einem zauberhaften, warmen, toastigen Gefühl im Bauch zur Arbeit.

AM ABEND KNÖPFTE SIE SICH den Geschirrspüler vor. Die Geschirrspülerhacker erwiesen sich als viel pragmatischer, aber sie waren auch Schweden, wenn man den URLs in den READ-ME-Dateien glauben konnte. Das erklärte möglicherweise den Minimalismus. Sie war mal bei Ikea gewesen und verstand es. Das Gerät von Disher war lange nicht so kompliziert wie das von Boulangism. Salima öffnete die Wartungsklappe, nahm die Gummidichtung vom USB-Anschluss, steckte den Stick hinein und rebootete das Gerät.

Der Bildschirm zeigte eine Menge rasch ablaufenden Text und ein paar unverständliche Fehlermeldungen, dann startete das Gerät neu und schien sich im normalen Disher-Betriebsmodus zu befinden. Nur eben ohne die blinkenden roten Meldungen, der Server sei nicht erreichbar, die sie eine Woche lang gesehen hatte.

Sie räumte das Geschirr aus dem Spülbecken in den Geschirrspüler und bekam jedes Mal eine kleine Gänsehaut, wenn die Maschine mit einem

Arpeggio verkündete, sie habe »neues Geschirr erkannt«.

Sie spielte mit dem Gedanken, einen Töpferkurs zu besuchen.

Die Erfahrungen mit dem Geschirrspüler und dem Toaster veränderten sie, auch wenn sie nicht gleich sagen konnte, in welcher Hinsicht. Als sie am nächsten Tag die Wohnung verließ, betrachtete sie nachdenklich die Reihe der Aufzüge und den Vorrangknopf der Feuerwehr unter dem Rufbildschirm. Sie dachte darüber nach, dass die Mieter der Sozialwohnungen auf ihren Stockwerken dreimal so lange auf den Aufzug warten mussten, weil sie nur die Kabinen mit den rückwärtigen Türen benutzen durften, die zur hinteren Lobby und zu den billigen Wohnungen führten. Nicht einmal diese Kabinen hielten auf Salimas Stockwerk, wenn ein voll zahlender Bewohner eingestiegen war, denn – Gott behüte – diese Leute sollten keinesfalls die gleiche Luft wie ein ungewaschener Sozialfall atmen müssen.

Salima war überglücklich gewesen, als ihr endlich in den Dorchester Towers eine Wohnung zugewiesen wurde, weil die Wartezeit für die vom Planungsbüro vorgeschriebenen Sozialwohnungen mehrere Jahre betrug. Mittlerweile lebte sie bereits ein ganzes Jahrzehnt im Land. Die ersten fünf Jahre hatte sie in Arizona in einem Lager verbracht, wo in der drückenden Hitze ein Insasse nach dem anderen ums Leben gekommen war. Als das State Department endlich ihre Überprüfungen beendet hatte und sie entließ, empfing sie eine Sozialarbeiterin mit einem Beutel Kleidung, einer Prepaid-Kreditkarte und der Neuigkeit, ihre Eltern seien während Salimas Lageraufenthalt gestorben.

Schweigend nahm sie die Nachricht auf und ließ sich äußerlich nicht anmerken, wie sehr es sie schmerzte. Sie hatte schon vermutet, dass ihre Eltern tot waren, weil sie versprochen hatten, Salima einen Monat nach ihrer Ankunft in Arizona abzuholen, sobald ihr Vater alte Schulden eingetrieben und die Dokumente und Manipulationen der Datenbanken bezahlt hatte, damit er ins Flugzeug steigen, den Kontrollposten der US-Einwanderungsbehörde erreichen und Asyl beantragen konnte. Damals war sie noch ein Teenager gewesen, jetzt war sie eine junge Frau und hatte fünf harte Jahre im Lager hinter sich. Sie wusste, wie man Tränen zurückhielt. Also bedankte sie sich bei der Sozialarbeiterin und fragte, was mit den Toten geschehen sei.

»Auf See verloren«, erklärte die Frau. »Das Schiff und alle Passagiere sind spurlos verschwunden. Es gab keine Überlebenden. Die Italiener haben wochenlang die Gegend abgesucht, aber nichts entdeckt. Das Wrack ist sehr schnell gesunken. Angeblich sei minderwertige Software die Ursache gewesen.« Ein Schiff war ein Computer, in den man verzweifelte Menschen steckte, und wenn der Computer versagte, wurde das Schiff zum Grab, in dem verzweifelte Menschen starben.

Sie nickte, als verstünde sie es, obwohl ihr das Blut in den Ohren so laut rauschte, dass sie die eigenen Gedanken nicht mehr hören konnte. Die Sozialarbeiterin erzählte ihr noch mehr und gab ihr verschiedene Papiere, darunter eine Greyhound-Fahrkarte nach Boston, wo man ihr in einer Behelfsunterkunft ein Bett zugewiesen hatte.

Dreimal las sie die Wegbeschreibung. Im Lager hatte sie Englisch lesen gelernt. Eine Frau, die vor ihrer Flucht Linguistikprofessorin gewesen war, hatte sie unterrichtet. Dank der Pflichtstunden in Bürgerkunde, die sie alle zwei Wochen besucht hatte, kannte sie die Geografie des Landes, und sie hatte Videos über das Leben in Amerika gesehen. Überlebenstipps für jenen Teil Amerikas, wo man, umgeben von Drohnen und Stacheldraht, drei Betten hoch in der sengend heißen Wüste schlief, hatte es dort leider nicht gegeben. Allerdings wusste sie, wo Boston war. Weit weg.

»Boston?«

»Zwei Tage, siebzehn Stunden«, erklärte die Sozialarbeiterin. »Sie werden ganz Amerika sehen. Es ist ein unglaubliches Erlebnis.« Einen Moment lang geriet ihre Maske aus den Fugen, und sie sah sehr müde aus. Dann setzte sie ihr Lächeln wieder auf. »Ich würde Ihnen raten, vorher einzukaufen. Unterwegs brauchen Sie etwas Vernünftiges zu essen.«

In den fünf Jahren im Lager hatte Salima viel Erfahrung darin gewonnen, sich zu langweilen. Geradezu meisterhaft beherrschte sie den Dämmerzustand, in dem das Bewusstsein einfach wegflog und die Zeit an ihr vorbeilief wie die Küchenschaben an der Scheuerleiste, die sie gerade eben noch aus den Augenwinkeln wahrnahm. Aber im Greyhoundbus ließ sie diese Fähigkeit im Stich. Selbst nachdem sie – 22 Stunden nach Beginn der Reise – einen Fensterplatz ergattert hatte, schweiften ihre Gedanken immer wieder zu den Eltern, dem Schiff, den unergründlichen Tiefen des Mittelmeers. Sie hatte gewusst, dass ihre Eltern tot waren, aber zwischen Wissen und Gewissheit bestand ein Unterschied.

Zwei Tage und siebzehn Stunden später verließ sie in Boston den Bus und bemerkte erst jetzt, dass er keinen Fahrer hatte. Es war ihr entgangen, weil die Fahrgäste hinten ein- und ausstiegen. Wieder so ein Computer, in den man den Menschen steckte. Mit den falschen Informationen versorgt, hätte der Greyhoundbus von einer Klippe stürzen oder den Gegenverkehr rammen können.

In der Armlehne gab es einen Ladeanschluss, den sie sich mit den Sitznachbarn, die gekommen und gegangen waren, geteilt hatte. Sie hatte dafür gesorgt, dass ihr Gerät beim Aussteigen voll geladen war, und das war gut so, weil sie den Akku fast wieder leerte, als sie Übersetzungen und Wegbeschreibungen aufrief, um die Behelfsunterkunft zu finden, die man ihr zugewiesen hatte. Das Gebäude befand sich gar nicht in Boston selbst, sondern in einem Vorort namens Worcester. Den Namen konnte sie auch sechs Monate nach ihrer Ankunft noch nicht richtig aussprechen.

Der Proviant war verbraucht, und was sie sonst noch besaß, passte in einen Dufflebag, dessen Riemen riss, als sie ihn eine kaputte Rolltreppe hochschleppte, um auf dem Weg nach Worcester die U-Bahn zu wechseln. Die Hälfte des Guthabens auf der Kreditkarte hatte sie für Lebensmittel ausgegeben, und sie hatte wie eine Maus, wie ein Vogel, wie eine hektische Küchenschabe gegessen. Mit fast nichts hatte sie begonnen, und jetzt gehörte ihr überhaupt nichts mehr.

Es war schwer, die Unterkunft zu finden, denn sie befand sich in einem ehemaligen ebenerdigen Einkaufszentrum. Elf geräumte Geschäfte waren mit Kojen, Duschen und Spielzimmern für die Kinder ausgestattet worden. Das Gebäude stand ganz am Ende eines leeren Parkplatzes, der fast einen Kilometer von der nächsten Bushaltestelle entfernt war. Salima ging dreimal daran vorbei und starrte dabei unentwegt das Telefon an, dessen Akku schon wieder fast leer war. Das alte Gerät verlor die Ladung sehr schnell. Es dauerte eine Weile, bis sie begriff, dass diese Ladenzeile ihr neues Zuhause sein sollte.

Der Empfang war in einer alten Apotheke an der Ecke des Einkaufszentrums untergebracht. Es war niemand da, der große Raum war mit einem Rolltor abgeteilt, und anstelle der Kassen gab es jetzt eine Reihe von Touchscreens. Es roch nach Urin, der Boden war dreckig. Es war der alte, festgetretene Dreck, der sich dort bildete, wo viele Jahre lang viele Menschen umherschlurften.

Nur ein einziger Touchscreen funktionierte. Sie musste recht lange probieren, bis sie herausfand, dass sie ungefähr anderthalb Zentimeter südwestlich des Knopfs drücken musste, den sie meinte. Sobald sie es durchschaut hatte, ging es schneller. Sie schaltete den Bildschirm auf Arabisch um, ließ die Kamera ihre Netzhäute scannen und presste mehrmals den Finger auf das Eingabefeld, bis die Maschine sie eingeordnet hatte. Sobald sie akzeptiert war, musste sie sich durch acht Bildschirme tippen und verschiedene Dinge versprechen und erklären: Nicht trinken, keine Drogen nehmen und nicht stehlen, sie hatte keine chronischen oder ansteckenden Krankheiten, sie unterstützte nicht den Terrorismus, sie durfte vorläufig nicht gegen Bezahlung arbeiten, musste paradoxerweise aber andererseits in Worcester arbeiten, um den Bürgern der Vereinigten Staaten die Kosten für das Bett zu erstatten, das man ihr in der Unterkunft zur Verfügung stellte.

Sie las das Kleingedruckte. Schon früh in ihrer Laufbahn als Flüchtling hatte sie gelernt, immer auf das Kleingedruckte zu achten. Manchmal fragten die Einwanderungsbehörden nach Dingen, die man einfach weggeklickt hatte, und wenn man die Fragen nicht korrekt beantworten konnte, schickten sie einen wieder ganz nach hinten in die Schlange oder setzten erst einen Monat später eine neue Anhörung an, weil man den Ernst der Abmachung, die man mit den USA zu treffen gedachte, nicht in gebührendem Maße zu würdigen wusste.

Dann erfuhr sie, in welchem der ehemaligen Geschäfte sie leben sollte, und wurde aufgefordert, die Kreditkarte einzuführen. Das Guthaben wurde aufgefüllt, damit sie in bestimmten Geschäften, die Wohlfahrtsempfänger bedienten, Lebensmittel einkaufen konnte. Als sie sich durch weitere Bildschirme tippte, ihre Telefonnummer eingab und die Termine für ärztliche Untersuchungen festlegte, bemerkte sie ein leises Summen, das sich allmählich näherte. Sie drehte sich um und sah einen niedrigen Karren mit einer Lagerkiste durch die Gänge der ehemaligen Apotheke fahren. Schwerfällig steuerte das Fahrzeug um die Ecken herum und hielt vor dem Rolltor an einer Klappe, die sich scheppernd öffnete. Der Bildschirm forderte sie auf, die Kiste zu nehmen. Darin waren Bettwäsche, ein Handtuch, zwei Sechserpacks weiße Baumwollunterwäsche, T-Shirts, eine Schachtel Tampons und ein Kulturbeutel mit Shampoo, Seife und Deo. Es war die sachlichste Transaktion, die sie seit Jahren erlebt hatte. Am liebsten hätte sie den dummen lieblosen kleinen Roboter geküsst.

Kiste und Dufflebag konnte sie nicht gleichzeitig schleppen, wollte aber keines von beiden unbeaufsichtigt zurücklassen. Deshalb setzte sie die Sachen vor dem Gebäude ab, beförderte die Kiste zehn Schritte weiter, stellte sie hin, holte den Dufflebag und trug ihn zehn Schritte an der Kiste vorbei. Dann überholte die Kiste wieder den Dufflebag. Unter den Papieren, die sie am Empfang bekommen hatte, befand sich auch ein Lageplan, der ihr verriet, wo sie einquartiert war. Es war fast am Ende der Ladenzeile (natürlich), und der Weg war weit. Auf halbem Weg trat eine Frau aus dem Geschäft, an dem sie gerade vorbeigekommen war, stemmte beide Hände in die Hüften und betrachtete sie lächelnd und mit schief gelegtem Kopf.

Sie war eine Somali – davon gab es viele im Lager – und kaum älter als Salima, obwohl sich ein Kleinkind unbestimmbaren Geschlechts an ihre Beine klammerte. Sie trug ein T-Shirt von der Boston University und einen Overall. Die Haare hatte sie mit einem Taschentuch zusammengebunden, was trotz allem irgendwie modisch wirkte. Später sollte Salima erfahren, dass die Frau – sie hieß Nadifa – aus einer alten Schneiderfamilie stammte und imstande war, die Nähte jedes Kleidungsstücks, das ihr in die Hände fiel, sauber aufzutrennen und für ihre Maße anzupassen.

»Bist du neu hier?«

»Ich bin Salima. Ja, ich bin neu hier.«

Die Frau legte den Kopf auf die andere Seite. »Wo bist du untergebracht? Zeig mal her.« Sie kam zu Salima und streckte die Hand nach dem Lageplan aus. Salima zeigte es ihr, worauf die Frau eine missmutige Grimasse schnitt. »Das ist nicht gut. Die Heizung taugt nichts, und die Toilette läuft ständig. Bäh. Warte mal, das bringen wir in Ordnung.«

Ohne zu fragen, nahm die Frau die Kiste und führte sie zum Empfang zurück. Salima tappte mit dem kleinen Kind, das sie heimlich beäugte, hinter ihr her. Die Frau wusste, welcher Bildschirm funktionierte, und traf jedes Mal südwestlich unter den Knöpfen genau die richtige Stelle. Ihre Finger tanzten auf dem Bildschirm, dann musste Salima noch einmal die Netzhaut scannen lassen. Nachdem auch die Fingerabdrücke zum zweiten Mal erfasst waren, erschien im Ausgabefach des Apparats ein neues Dokument.

»Viel besser«, meinte die Frau. Salima war verwirrt und ein wenig besorgt. Hatte diese Frau sie gerade bei ihrer Familie einquartiert? Sollte sie jetzt als Babysitter für das Kind dienen, das sie schon wieder anstarrte?

Ihre Sorgen erwiesen sich als unbegründet. Singlefrauen wohnten in einer von drei Einheiten, Familien in zwei anderen. Salimas neues Heim – das berichtete ihr die Frau, die sich jetzt endlich vorstellte – war früher ein Nagelstudio gewesen. Im Lagerraum waren noch einige Überreste jener Tage zu finden. Jetzt hatte man schwere, schallschluckende Decken aus Kunstfaser aufgehängt, die alle Geräusche erstaunlich gut dämpften und zugleich eine Menge Staub produzierten. Die Frau und ihr Kind ließen Salima dort zurück, und sie zog die Ecken ihrer Stoffwände zu und heftete sie zusammen, um einen Augenblick in dem stillen kleinen Raum zu stehen. Dieser Ort gehörte nun für unbestimmte Zeit wirklich ihr, sie musste ihn mit niemandem teilen.

Später entdeckte sie, wie erfinderisch die anderen Bewohner der Unterkunft ihre kleinen Kammern geschmückt hatten. Die meisten bezeichneten sie mit schwermütiger Ironie als »Zellen«, nachdem sie Monate oder Jahre in echten Zellen verbracht hatten – in der Sorte mit Betonwänden und Eisengittern. Bald schmückte auch sie ihre Kammer, und Nadifas Kinder schneiten ohne Vorwarnung einfach herein und erwarteten, dass sie ihnen Geschichten erzählte, mit ihnen spielte oder Vorschläge zum Malen von Bildern machte. Sie brannte nicht unbedingt darauf, sich als Babysitter zu betätigen, hatte im Grunde aber auch nicht viel dagegen, und sie mochte Nadifas Kinder, die genauso kühn und furchtlos waren wie die Mutter, mit der Salima gern ihre Zeit verbrachte. Besonders, wenn sie eine Flasche Wein aufgetrieben hatten und die Kinder zum Spielen in den Gemeinschaftsraum schickten. Dann hockten sie sich auf die Enden von Salimas schmaler Koje, erzählten sich Lügengeschichten über Männer und manchmal auch Wahrheiten über ihr Leben vor der Unterkunft. Mitunter vergossen sie sogar ein oder zwei Tränen, aber auch das war in Ordnung.

Nadifa hatte bereits eine Arbeitserlaubnis und zeigte Salima, wie sie ebenfalls die nötigen Papiere bekommen konnte. Es erforderte monatelanges geduldiges Herumstochern in dem einzigen funktionierenden Terminal, bis es die Dokumente ausspuckte, die sie den Regierungsbeamten vorlegen und in andere Terminals einführen musste. Dies erledigte sie, so gut es ging, zwischen den Arbeitseinsätzen. Ihr entging keineswegs die Ironie, dass sie vor lauter Arbeit kaum Zeit hatte, sich um eine Arbeitserlaubnis zu bemühen. Oh, wie sie über diese Ironie lachte, als sie Graffiti abschrubbte, in Parks Müll einsammelte und städtische Busse in Depots reinigte, die noch abgelegener waren als ihr ehemaliges Einkaufszentrum in Worcester.

Die Dokumente konnten ihr natürlich nicht garantieren, dass sie auch einen Job bekam, aber Salima war klug und hatte in den Jahren im Lager mit Onlinekursen verschiedene Dinge gelernt: Zöpfe flechten, Buchhaltung, Bekämpfung von Computerviren, Katzenpflege. Sie war sicher, etwas zu finden, das sie tun konnte. Mit Nadifas Hilfe durchforstete sie die Stellenanzeigen, meldete sich bei Zeitarbeitsfirmen und unterwarf sich den demütigenden Überprüfungen, was den Zugriff auf ihre sozialen Netzwerke und ihre E-Mail einschloss. Später wurden die Aufdringlichkeiten sogar noch schlimmer, als man sie nach den gespeicherten Nachrichten ihrer Eltern fragte – Videos und mit Bildern garnierte Nachrichten aus der Zeit der Trennung, bevor die Eltern gestorben waren.

Hin und wieder bekam sie Angebote, hier und dort ein paar Stunden. Die Arbeitszeiten waren kurz im Vergleich zu den langen Busfahrten hin und zurück, doch sie tröstete sich mit der Hoffnung, sie könne sich mit diesen beschissenen Jobs bei den Agenturen, die sie einsetzten, einen guten Ruf erwerben, man hielte sie für zuverlässig und gäbe ihr schließlich auch längere Schichten, mit denen sie besser verdiente. Sie kaufte sich zwei externe Akkus für ihr altersschwaches Smartphone, um während der Busfahrten weiter zu lernen. Sie und Nadifa hatten ganz Neuengland unter sich aufgeteilt und führten jeden Tag Hunderte von Suchläufen durch, um neue Hochhäuser zu finden, in denen Sozialwohnungen eingerichtet werden sollten. Sie notierten sich das Datum, an dem die Warteliste für die Neubauten geöffnet werden sollte. Ihnen war klar, dass die Aussichten, gleichzeitig akzeptiert zu werden, verschwindend gering waren, und wenn man sie beide aufnahm, würden sie kaum in ein und dasselbe Haus kommen.

Deshalb waren die Dorchester Towers so ein Wunder. Es war ein bitterkalter Dezember, und in der Unterkunft waren noch nicht einmal die versprochenen Wintermäntel angekommen. Die meisten Bewohner behalfen sich mit mehreren Schichten T-Shirts und Pullovern. Damit sah man nicht sehr professionell aus, und tatsächlich hatte Salima deshalb einen siebentägigen, sehr guten Buchhaltungsjob bei einem Thinktank verloren, der gerade den Vierteljahresabschluss machte. Sie hatte sich nach der Kündigung schreckliche Sorgen gemacht, weil sie fürchtete, bei der Zeitarbeitsfirma einen negativen Vermerk zu bekommen. Dort hatte man ihr vorher schon mehrere andere gute Buchhaltungsaufträge gegeben, die ihr winziges Sparkonto schneller aufgefüllt hatten als ein Dutzend Putzjobs.

Während sie mit den anderen Bewohnern umherwanderte, die wie sie dank des Wetters und der unpassenden Kleidung im Einkaufszentrum gefangen waren, spielte sie mit dem Gedanken, die Ersparnisse für einen Mantel zu opfern, und überlegte, wie viele Jobs sie verlieren musste, bis sich die Ausgabe rentierte. Dies war abzuwägen gegen die Möglichkeit, dass die verzögerte Lieferung der Wintermäntel doch noch eintraf, ehe sie zu viele Jobs verloren hatte. Das Telefon informierte sie, dass sie eine Nachricht von der Regierung bekommen hatte. Diese Nachrichten musste sie am Terminal im Büro der Unterkunft persönlich abholen. Also zog sie drei Sweater übereinander, steckte die Hände in drei Paar Socken und kämpfte sich durch den stürmischen Wind zum Büro.

Dort stand sie in einer Lache ihres eigenen Schmelzwassers und loggte sich ein. Inzwischen waren alle Terminals repariert, auch dasjenige, das vorher funktioniert hatte, und jetzt waren alle gleichermaßen unzuverlässig und neigten dazu, endlos zu rebooten. Schließlich empfing sie die Nachricht. Sie staunte noch über die unglaublich gute Neuigkeit, da trampelte Nadifa, das kleinste Kind dicht an sich gepresst, damit es nicht fror, aus der Kälte herein.

»Funktioniert es?« Sie zeigte auf Salimas Terminal. Salima lächelte in sich hinein, löschte den Bildschirm und machte Platz.

»Es funktioniert!« Man hörte ihr an, wie sehr sie sich freute, was ihr einen neugierigen Blick von Nadifa einbrachte. Salima unterdrückte das Grinsen. Sie wollte es Nadifa sagen, sobald …

»O mein Gott.« Nadifa starrte schon den Bildschirm an und hatte den Mund sperrangelweit aufgerissen. Salima spähte ihr über die Schulter und lachte laut.

»Ich auch, ich auch!«

Die Dorchester Towers hatten Nadifa akzeptiert. Sie bekam ein Apartment mit zwei Zimmern im 40. Stock und konnte in anderthalb Jahren einziehen, sofern es beim Bau keine Verzögerungen gab. Die Miete war einkommensabhängig, was bedeutete, dass Nadifa und ihre Kinder sich die

Wohnung auf jeden Fall leisten konnten, ganz egal was ihnen in Zukunft widerfuhr. Nadifa war manchmal laut und fordernd, aber schrill war sie nie. Deshalb amüsierte Salima sich nicht schlecht, als Nadifa die Hände hochwarf, auf den Zehenspitzen hüpfte und entzückt lachte. Dabei stieß sie kreischende Laute aus, die sogar einen Delfin vertrieben hätten.

Sie hörte nicht einmal zu hüpfen auf, als sie Salima umarmte, sondern riss sie bei jedem Sprung mit und lachte begeistert. Salima lachte sogar noch lauter, weil sie gerade vorher eine ähnliche Nachricht bekommen hatte.

Sie loggte Nadifa aus und meldete sich selbst an. Rasch öffnete sie die Mailbox mit der Regierungsmitteilung und zeigte wortlos auf den Bildschirm, bis Nadifa sich vorbeugte und las. Sie riss den Mund sogar noch weiter auf.

»Du bist im 34. Stock! Das ist nur sechs Stockwerke unter uns! Wir können sogar die Treppe benutzen, wenn wir uns besuchen!« Beunruhigt von dem Rufen und Hüpfen, beschloss Nadifas Jüngste, genau in diesem Augenblick loszuplärren. Die Mutter nahm sie aus dem Tragetuch und wirbelte sie über dem Kopf herum. »Wir kriegen eine Wohnung, eine eigene Wohnung! Und Tante Salima kommt mit! Wir kriegen eine Küche und ein Schlafzimmer, wir …« Sie brach ab und klemmte sich die Kleine unter den Arm, um mit der freien Hand Salima an der Schulter zu packen und sie zu schütteln. »Wir kriegen Badezimmer, eigene Badezimmer! Eigene Badewannen! Eigene Toiletten!«

»Eigene Toiletten!«, rief Salima, worauf die Kleine etwas sagte, das beinahe wie »Toilette« klang. Sie lachten hemmungslos, bis ihnen Tränen über die Wangen liefen, und das kleine Mädchen lachte mit ihnen.

Nach dem Abendessen trafen auch die Wintermäntel ein.

Salima und Nadifa taten sich zusammen und mieteten einen Lieferwagen für den Umzug. Er war bis zum Dach mit den Dingen gefüllt, die sich in den Monaten und Jahren in der Behelfsunterkunft angesammelt hatten – Kinderspielzeug, Kleidung, Shampooflaschen, in denen noch genug Inhalt für drei behutsame Haarwäschen war, Zeichnungen, Bilderbücher, Altpapier zum Malen, Papierpuppen, die sie mühsam aus alten Ausdrucken der Terminals geschnitten hatten. Stockend fuhren sie durch den Verkehr von Boston, den sie durch die freien Spalten der Scheiben nur dort betrachten konnten, wo keine Einkaufstaschen voller Habseligkeiten den Blick versperrten.

Zwei Stunden später bog der Lieferwagen auf die hintere Zufahrt der Dorchester Towers ein. Es war ein heißer Junitag, die Kinder hatten zwei Pipipausen und mehrere Halte zum Trinken gebraucht, was ihre Pläne, noch vor der Rushhour anzukommen, zunichtegemacht hatte. Sie gerieten mitten in die Hauptverkehrszeit. Doch die beiden Frauen nahmen es stoisch hin. Sie hatten Reisen hinter sich, die viel, viel länger und ausgedehnter und viel schwieriger gewesen waren.

Die Sozialwohnungstüren der Dorchester Towers waren noch nicht fertig. Sie mussten das Gebäude durch einen behelfsmäßigen Sperrholztunnel betreten. Die Lobby war im gleichen Zustand wie der Eingang – unverputzte Wände, offene Löcher für Elektroanschlüsse, rauer Betonboden mit Rinnen, in denen Leitungen verlegt werden sollten. In mehreren Etappen schleppten sie die Sachen in die Lobby, wo Nadifas Ältester Wache hielt und auf die Kleinen aufpasste, während die Frauen zurück zum Lieferwagen gingen und versuchten, vor Ablauf der 60 Minuten alles auszuladen, denn danach mussten sie noch einmal für eine Stunde bezahlen. Sie schafften es mit Mühe und Not.

Als sie schwitzend und schnaufend in der Lobby standen, lernten sie die Aufzüge der Dorchester Towers kennen. Der Touchscreen fragte nach dem Stockwerk und berechnete auf und ab die Wege der Kabinen in den Schächten. Manchmal kamen Kabinen im Erdgeschoss an, man konnte hören, wie die Türen auf der anderen Seite seufzend aufgingen und sich wieder schlossen, aber auf ihrer Seite blieb der Zugang versperrt.

Sie überlegten, was sie tun sollten. Schließlich gelangten sie zu der Ansicht, die Türen auf ihrer Seite funktionierten überhaupt nicht. Vielleicht waren sie noch nicht fertig, genau wie die Lobby, die Eingangstür und leider auch die Klimaanlage.

Irgendwie kamen sie mit den Kindern und den Habseligkeiten wieder hinaus, gingen die Gasse hinunter und umrundeten das Gebäude, um durch den anderen Eingang das Gebäude wieder zu betreten. Natürlich bemerkten sie sofort, dass hier alles fertig war. Der Chrom blitzte, alles war poliert, sauber und bewacht.

Der Wachmann neben der Tür betätigte den Summer der Sprechanlage, sobald sie den Türgriff packten. Er war weiß, die polizeiähnliche Uniform gehörte zu einem privaten Wachdienst. Das war ungewöhnlich, weil solche Jobs vorwiegend Farbige bekamen. Auch das fiel ihnen sofort auf.

»Ja?«

»Wir wohnen hier, wir ziehen heute ein. Da drüben ...«, Salima winkte in die Richtung der Straße, »... auf der anderen Seite funktionieren die Aufzüge nicht. Wenn wir eingezogen sind, können wir die Treppe benutzen, aber wir wohnen im 34. und im 40. Stock und müssen das hier nach oben bringen ...« Den Stapel mit Beuteln, Kleidung und Zeichnungen, die Kinder und sich selbst. Alles sehr unansehnlich und ein schrecklicher Kontrast zu dem schimmernden Chrom und dem makellosen Glas, auf dem jetzt allerdings zwei Kinder langsame Schleifspuren zogen und Abdrücke von Nasen und Händen hinterließen. Ups.

Der Wachmann tippte auf den Bildschirm. »Die Aufzüge funktionieren.«

»Nicht da drüben. Die Kabinen sind nach unten gekommen, aber die Türen haben sich nicht geöffnet.«

»Treten Sie bitte zur Seite«, sagte er so scharf, dass sogar Nadifas Kinder aufmerkten. Einige andere Leute wollten hinein. Sie pressten die Daumen auf einen matten Sensor im Türrahmen, wo nichts verschmierte. Sofort fuhren die Türen auf und entließen einen gesegneten klimatisierten Luftzug nach draußen, in dem sie fast auf die Knie sanken. In der kurzen Brise gab der Schweiß auf Rücken, Beinen, Gesichtern und Kopf so viel Wärme ab, wie es eben möglich war. Dann waren die feinen Leute drin, ohne sie auch nur eines Blicks gewürdigt zu haben. Sie waren lässig-elegant. Salima kannte die Mode, seit sie in diese Gegend voller Colleges und Universitäten gekommen war. Wehendes blondes Haar, gewissenhaft abgenutzte Tenniskleidung und schwitzende, strahlende Gesichter. Der Wachmann begrüßte die Bewohner und plauderte mit ihnen. Was sie sagten, konnte man durch die Glastüren nicht verstehen. Sie waren jedoch sehr liebenswürdig und verabschiedeten sich mit einem Winken, als sie in den Aufzug traten. Im Hintergrund sah Salima die Türen auf der anderen Seite, die zu der anderen Lobby führten.

Der Wachmann funkelte sie gereizt an und schüttelte den Kopf, als könnte er nicht glauben, dass sie immer noch da waren und seine Tür blockierten. »Ihr Eingang ist hinten.«

»Die Aufzüge funktionieren nicht«, erinnerte Salima ihn. »Wir haben gewartet und gewartet …«

»Die Aufzüge funktionieren. Allerdings hat die voll zahlende Seite Vorrang. Sie bekommen einen Aufzug, sobald auf dieser Seite einer frei ist.«

Schlagartig begriff Salima das System und dessen Logik. Sie hatten die Wohnungen in diesem Gebäude nur bekommen, weil der Bauherr im Gegenzug für die Genehmigung, statt der im Viertel üblichen 30 Stockwerke 50 Etagen hoch zu bauen, einige Wohnungen für Mieter mit niedrigem Einkommen zur Verfügung stellte. So etwas geschah gar nicht so selten, und sie wusste, welche Regeln für die Sozialwohnungen galten. Was die Vermieter liefern mussten und was ihr als Mieterin untersagt war.

Aber jetzt erkannte sie eine wichtige Wahrheit: Den Mietern der billigen Wohnungen wurden trotzig auch die kleinsten Annehmlichkeiten verwehrt, sofern der Bauherr nicht durch das Gesetz dazu gezwungen wurde. Sie hatte genug Zeit als Tante Salima verbracht und geholfen, Nadifas drei Kinder aufzuziehen, um die Logik eines bockigen

Kindes zu verstehen, das seine schlechte Laune kundtun wollte.

»Kommt mit«, sagte sie, nahm sich zwei Armvoll Beutel und schlurfte hinten herum zum Sozialwohnungseingang.

Das Apartment war wundervoll. Der Luxus einer eigenen Dusche und einer Badewanne, in der sie sich hinlegen konnte, wenn sie die Beine anzog und das Kinn auf die Brust presste (aber es war *ihre* Badewanne!), ein eigenes Bett mit einer guten Matratze, auf der noch nie jemand anders geschlafen hatte. Wenn sie es zusammenklappte, konnte sie den Sofateil mit den hellen Polstern ausfahren. Wenn sie diesen Teil etwas höher stellte und den Kaffeetisch drehte, damit sich die Beine verlängerten, bekam sie einen Esstisch, an dem drei Personen sitzen konnten. Oder sogar vier, die sich schon länger kannten. Die Wände waren gut isoliert, und was aus den Wohnungen ringsum herüberdrang, blieb unhörbar, solange sie den Ventilator der Klimaanlage auf der niedrigsten Stufe laufen ließ. Das konnte sie mithilfe der Sensoren in der Wohnung automatisieren, sodass der Ventilator immer eingeschaltet blieb, während sie zu Hause war.

Wie angekündigt verfügte die Küche über »alle wichtigen Geräte«: Toaster, Geschirrspüler – ein winziges Ding, das alles Geschirr von einer Mahlzeit für eine Person und außerdem eine Mixerschüssel oder eine Backform des Toasters aufnehmen konnte –, und Kühlschrank. Die Geräte setzten sich sofort in Gang, sobald sie die Guthabenkarte eingesteckt hatte, und zeigten ihr, welche Güter geeignet waren: das Geschirr, das der Geschirrspüler akzeptierte, und die Lebensmittel von Brot bis zu Fertiggerichten, die im Toaster funktionierten. Die Waschmaschine nahm ein Handtuch und ein Bettlaken oder die Kleidung von zwei Tagen auf, und es gab Dutzende Waschmittel, die sie direkt mit dem eingebauten Bildschirm bestellen konnte. Die Preise schlossen die Lieferung ein, allerdings konnte sie auch in lizenzierten Läden selbst einkaufen. Dabei bestand jedoch immer die Gefahr, dass sie ein Produkt erwarb, das mit ihrem Modell nicht kompatibel war. Deshalb war es für alle besser, wenn sie die Einkäufe gleich hier in der Küche erledigte, zumal es doch sowieso für alle das Bequemste war.

Zur U-Bahn war es nicht weit, und es war gar nicht so schlimm, morgens die Treppe hinunterzulaufen. Der Rückweg war ein anderes Kapitel. 34 Stockwerke, das waren 68 Treppenfluchten. Einmal in der Woche nahm sie allen Mut zusammen und redete sich ein, diese anstrengende Aerobicübung sei gesund.

Die Tatsache, dass sie eine Wohnung hatte, die wirklich ihr gehörte, veränderte ihr Leben nachhaltig. Es hatte mit Stabilität und Zuversicht zu tun – ja, und einfach schon damit, einen Ort zu haben, wo sie zuverlässig jeden Abend die Wäsche waschen konnte. Ihren frühesten Erinnerungen zufolge war sie mit ihren Eltern ständig unterwegs gewesen, ein Lager und eine Wohnung als Zwischenlösung, dann eine Zeit lang das Haus eines Onkels, wieder ein Lager, die Reise nach Amerika, das Lager und die Unterkunft. Die ganze Zeit hatte sie das Gefühl gehabt, in einer Warteschleife zu leben und zu flattern wie ein Blatt im Wind. Manchmal verfing sie sich an einem Baum, manchmal schwebte sie zu den Wolken empor, aber niemals kam sie unten an, niemals kam sie zur Ruhe. Das bedeutete, dass sie noch nie im Leben weiter als ein paar Tage vorausgeplant hatte. Jetzt, in ihrer eigenen Wohnung, begann sie nachzudenken, wie die Zukunft aussehen mochte.

Dank einer Kombination aus Glück und Selbstvertrauen fand sie nach einem Monat eine Vollzeitstelle als Buchhalterin bei einer Firma, die vor allem für das örtliche Kleingewerbe tätig war. Sie hatte ein halbes Dutzend Klienten und versuchte, jeden davon einmal in der Woche aufzusuchen, auch wenn sie den größten Teil der Arbeit hätte zu Hause erledigen können. Doch sie hockte sich lieber ins Hinterzimmer einer Reinigung, eines kleinen Ladens oder einer Eisdiele, sah die Daten der Kasse und die Rechnungen durch, plante Zahlungen und plauderte mit den Angestellten und den Inhabern. Rasch lernte sie, dass es die Leute zu schätzen wussten, wenn jemand sie rechtzeitig vor kritischen Veränderungen im Cashflow und anderen drohenden Schwierigkeiten warnte, die sie dank der Bücher frühzeitig erkennen konnte. Binnen weniger Monate war sie eher eine vertrauenswürdige Beraterin als eine Dienstleisterin. Sie merkte sich die Geburtstage und brachte Karten mit, und als ihr eigener 25. Geburtstag anstand, überraschte sie der Besitzer eines Ladens für klassische Bekleidung mit einer japanischen Seidenjacke aus dem vergangenen Jahrhundert. Auf dem Rücken war ein Tiger eingestickt, der über die Jahre in Ehren verblasst war, und die Patina erinnerte an einen Perserteppich.

Seit Nadifas Kinder zur Schule gingen, blühte die Mutter auf. Hin und wieder hatte sie ein wenig Zeit für sich und konnte eine anständige Mahlzeit genießen, die Haare richten und die Kleidung in Ordnung bringen. Sie hatte schon immer die Haltung einer Königin gehabt, als notorisch überbelastete Mutter aber oft die Schultern hängen lassen. Die Erschöpfung hatte ihr Falten ins Gesicht gezeichnet, in den Händen hatte sie immer Kinderspielzeug oder Wäsche gehabt, und die schön geschnittenen Kleider waren voller Flecken gewesen. Sobald ihr Leben aber ein wenig Stabilität gewann, setzte sich Nadifas wahre Natur wieder durch. Ihre Kleidung war makellos, mit den Fältchen wirkte sie jetzt vor allem ernsthaft, und wenn sie einen gemeinen Witz riss, blitzten die Augen. Der Kontrast zwischen Ernsthaftigkeit und Humor war fast so, wie man es sonst nur auf alten Gemälden sah.

Nadifas Kinder blieben die Racker, die sie waren, aber die Schule tat ihnen gut und gab ihnen einen Rahmen, in dem sie sich bewähren und gegen den sie ankämpfen konnten. Sie waren im Hintertreffen, besonders Abdirahim, mit zwölf Jahren der Älteste, aber Nadifa machte ihm Beine und ließ ihn am Handy oder sogar auf dem großen Bildschirm im Wohnzimmer die Zusatzaufgaben durcharbeiten, sofern die Kleinen bereit waren, ihre chaotischen Umtriebe ein wenig zurückzufahren. Nadifas Wohnung hatte zwei Zimmer, eines benutzten die Kinder, der andere Raum diente, genau wie bei Salima, als Wohnzimmer und konnte in ein Schlafzimmer verwandelt werden, wenn man den Tisch einklappte, das Sofa ausfuhr und darauf das Bettzeug ausbreitete. Der Zaubertrick musste genau in der richtigen Reihenfolge ablaufen, sonst entstand in der Mitte des Raumes ein großes Knäuel, das man mühsam wieder entwirren musste.

Alles war gut, bis die Geräte ihren Dienst einstellten.

Einfach nur, weil sie es konnte, nahm sie sich auch die Waschmaschine vor. Sobald man eine Küche voller Geräte hatte, die einem gehorchten, nahm das eine, das sich nicht fügen wollte, immer mehr Raum ein und wurde am Ende unerträglich. Außerdem war sie nur für sich allein verantwortlich und hatte keine Lust, es den Langweilern gleichzutun, die sich pedantisch an alle Vorschriften hielten. Wie besessen hatte sie Anleitungen für Jailbreaks angesehen, war einer Fährte zu immer gefährlicheren Videos gefolgt und hatte schließlich eines entdeckt, das ihr den Weg zum Download der Darknettools wies, mit denen sie die richtigen Websites erreichen konnte, wo man neue Firmware bekommen, Tipps und Beschwerden austauschen und sich mit Tausenden gesetzlosen Anarchisten vergnügen konnte, die wie sie selbst alles toasteten, worauf sie gerade Lust hatten.

Die Waschmaschine war bisher das schwierigste Projekt gewesen. Dabei hatte sie sogar mehrere Wasserschläuche abklemmen müssen. Sie brachte die Klemmringe durcheinander, weil sie noch nie mit so etwas zu tun gehabt hatte, stürzte sich aber mit der Entschlossenheit einer Buchhalterin auf das Problem und probierte methodisch alle denkbaren Varianten aus. Unter dem Anschluss stand immer eine Pfanne, die das tröpfelnde Wasser auffing, wenn sie etwas ausprobierte. Während sie arbeitete, sah sie sich Videos über das Brotbacken an, denn dies war ihre neue Leidenschaft. Inzwischen bettelten Nadifas Kinder sie bei jeder Begegnung an und verlangten ihre neueste Schöpfung. Neuerdings backte sie sogar Teigzöpfe, ein Eierbrot namens Challa. Der aufsteigende Teig wurde mit Eiklar bestrichen, damit die Kruste glänzte.

Eine Woche später machte sie zwei wichtige Entdeckungen. Erstens war es erheblich billiger, das Waschmittel im Laden zu kaufen, statt es über den Bildschirm der Maschine zu bestellen. Zweitens war ihr hartnäckiges Ekzem in Wirklichkeit eine allergische Reaktion auf irgendeinen Bestandteil des autorisierten Waschmittels. Der Frühling hatte begonnen, und sie hatte schon gefürchtet, auch an den warmen Tagen in langen Ärmeln zu schwitzen, wenn sie die schuppenden, juckenden Arme verbergen wollte. Sie kaufte drei klassische kurzärmlige Blusen und bat Nadifa, sie zu ändern, damit sie so gut passten, als wären sie für sie gemacht.

Im Moment verzichtete sie noch darauf, auch den Thermostat zu hacken. Er war mit dem Sensorennetz des Gebäudes verknüpft, an dem auch die Kamera über der Tür und die in der Wohnung verteilten Kameras hingen. Das Gerät erkannte sie, bevor sie die Wohnung betrat, und schaltete die Klimaanlage ein, noch ehe sie die Tür hinter sich geschlossen hatte. Der klaustrophobische Moment, wenn sie im abgesperrten Apartment nach Luft schnappte, war nur kurz, dann hüllte sie der Ventilator mit einer weichen Luftströmung ein. Außerdem beobachtete die Anlage die Wohnung, wenn sie nicht da war, und schickte ihr einen Videostream, falls sich dort etwas bewegte, obwohl niemand zu Hause war. Das gefiel ihr, sie fand es beruhigend. In der Unterkunft in Arizona war sie zweimal ausgeraubt worden. Sie hatte sich daran gewöhnt, alles von Wert jederzeit bei sich zu haben. Es war eine große Erleichterung, dass sie jetzt mehr wertvolle Dinge besitzen konnte, als sie mitzunehmen vermochte.

Der Aufzug war ein ganz anderes Thema.

Bei ihrem Einzug in die Dorchester Towers war das Gebäude erst seit ein paar Wochen in Betrieb und weniger als zur Hälfte belegt gewesen. Mittlerweile waren die meisten Apartments bewohnt, und folglich gab es mehr voll zahlende Mieter, die die Aufzüge benutzten. Inzwischen dauerte es manchmal eine geschlagene Dreiviertelstunde, bis sie zum 34. Stock hinauffahren konnte. Wenn der Aufzug dann endlich die Sozialwohnungslobby ansteuerte, warteten dort so viele Menschen, dass sie eingepfercht und mit der Nase in der Achselhöhle eines anderen Mieters hinauffahren musste. Wenn sie Glück hatte, wurde sie nur an die Rückwand und nicht gegen einen fremden Mann gepresst. Als es doch einmal geschah, hatte sie den fast sicheren Eindruck, es sei tatsächlich nur Zufall und kein Übergriff, aber ganz sicher konnte sie nicht sein, und es fühlte sich so oder so nicht gut an.

Eines Tages saß sie in Nadifas Wohnzimmer, trank Tee und sah Nadifas Ältestem zu, wie er über seinen Nachhilfeaufgaben brütete. Sie und Nadifa hatten seit gut zwanzig Minuten über die Aufzüge lamentiert – ein beliebtes Thema bei allen Mietern der Sozialwohnungen, über das sie sich ausgiebig empören konnten –, bis Abdirahim von seinen Rechenaufgaben aufsah.

»Mama, warum werden eigentlich keine Aufzugkapitäne eingesetzt?«

»Mach deine Aufgaben.« Wenn es um ihre Kinder und deren Hausaufgaben ging, reagierte Nadifa rein reflexartig. Nach einem Moment fragte sie dann aber doch: »Was ist ein Aufzugkapitän?«

Abdirahim strahlte bis über beide Ohren. »Das ist einfach cool. Wenn du in Japan als Erster den Aufzug betrittst, bist du der Aufzugkapitän. Du musst den Türknopf gedrückt halten, bis alle eingestiegen sind, und dann schließt du die Tür und drückst auf die Knöpfe für die Stockwerke. Wenn der Aufzugkapitän aussteigt, bevor der Aufzug leer ist, muss derjenige übernehmen, der direkt neben ihm steht.«

»Wo hast du das gehört?«

»In Sozialkunde haben wir unausgesprochene Regeln durchgenommen. Ich bekomme für die unausgesprochenen Regeln in den Flüchtlingslagern in Amerika einen Extrabonus. Die Lehrerin mag so etwas, und sie wird immer ganz ernst, wenn ich darüber rede. Die anderen Flüchtlingskinder finden es lustig.«

»Ich finde das gar nicht lustig«, erklärte Nadifa mit unbewegter Miene. »Ich glaube, es ist sehr respektvoll.« Sie wandte sich wieder an Salima, öffnete den Mund und wollte etwas sagen, stellte dann aber Abdirahim noch eine Frage. »Warum brauchen wir einen Aufzugkapitän?«

Sein Lächeln wurde noch breiter. »Wir könnten morgens und nachmittags, wenn viel Betrieb ist, abwechselnd im Aufzug bleiben. Er hält ja nicht für einen Armen an, wenn ein Reicher ihn braucht, aber falls schon ein Armer drin ist, wird der Reiche erst bedient, wenn der Arme raus ist.«

Nadifa hauchte Salima *ein Armer* zu und verdrehte die Augen. Salima verkniff sich das Lächeln. Die Kinder wussten, wie die Dinge standen, und nahmen kein Blatt vor den Mund. Unterdessen dämmerte Salima und Nadifa, dass es machbar war. Es war ein seltsam wirkungsvoller Plan. Ganz einfach, und es gab nicht viel, was schiefgehen konnte. Außerdem nutzte er die Tatsache aus, dass die reichen Leute sie möglichst überhaupt nicht sehen wollten.

»Mach deine Hausaufgaben.« Es klang streng, doch als sie Salima anblickte, war Nadifas Lächeln genauso breit wie bei Abdirahim. Salima hauchte *kluger Junge*, und Nadifa nickte.

DIE BEIDEN WOCHEN mit den Aufzugkapitänen waren die besten in der kurzen Geschichte des Gebäudes. Von 7.30 bis 8.45 Uhr morgens und von 17.15 bis 18.30 Uhr am Abend war ein Aufzug praktisch exklusiv für die arme Seite des Gebäudes reserviert und bediente acht der fünfzig Stockwerke. Somit blieben den Reichen noch fünfzehn Aufzüge. Zuerst fiel es ihnen wahrscheinlich nicht auf, dass die unsichtbaren Nachbarn, die im armen Teil des Gebäudes lebten, binnen Minuten nach oben und nach unten fuhren, statt eine Stunde zu warten oder mühsam die Treppe zu erklimmen.

Irgendjemand fand es dann doch heraus. Nadifa rief Salima auf der Arbeit an und versteckte ihre Sorge hinter Zorn. »Sie haben in der Lobby gewartet. Drei Wachleute. Drei! Und natürlich war gerade Abdirahim der Aufzugkapitän.« Es war Abdirahims Idee gewesen, und er war der eifrigste Kapitän im Gebäude. Salima hatte ihm in dem Bekleidungsgeschäft, das zu ihren Klienten zählte, sogar ein Schiffchen gekauft, das zu einer alten Militäruniform gehört hatte. Er trug es während seiner Schichten verwegen schräg auf dem Kopf und sah damit beinahe unanständig süß aus.

Er hatte gerade den Aufzug zum Erdgeschoss gefahren und drückte mit den blitzschnellen Reflexen eines Dreizehnjährigen, der mit Videospielen aufgewachsen war, auf den Knopf, der die Tür öffnen sollte, als die andere Tür aufging. Die Tür für die reichen Bewohner. Die Tür, die sich niemals öffnete, wenn einer von ihnen in der Kabine war.

Die drei Wachleute fragten Abdirahim nach seinem Namen und den Papieren. Als er sagte, sein Ausweis sei in der Wohnung im 40. Stock, wollten sie ihn jedoch nicht gehen lassen, um ihn zu holen. Stattdessen sperrten sie ihn in einen fensterlosen Raum mit auffälligen Kameras in jeder Ecke und knallten die verstärkte Tür zu.

Nach einer langen Zeit kehrten sie zurück und befragten ihn. Er wusste, dass er zu spät nach Hause kam und dass seine Mutter sich Sorgen machte, auch wenn sie nicht durchdrehen würde, weil Nadifa nie durchdrehte. Ja, sie konnte durchaus wütend werden, doch sie drehte niemals durch. Eine wütende Mutter war sowieso viel beängstigender. Diese Gedanken gingen ihm durch den Kopf, als er den Wachleuten die Sache mit dem Aufzugkapitän erklärte. Sie befragten ihn weiter, verweigerten ihm Wasser und ließen ihn nicht auf die Toilette, bis es ihm so schien, als hätte sich jeder Tropfen Wasser seines Körpers in der Blase eingefunden und verlangte dringend, hinausgelassen zu werden.

Immer wieder gingen sie mit ihm die Geschichte durch. Schließlich weinte er, weil es ihn an die Befragungen in den Lagern erinnerte. Damals war er noch ein Baby gewesen. Später in Amerika hatte es sich wiederholt. Auch da war er noch klein gewesen. Das waren harte Zeiten gewesen. Sein Vater hatte im Sterben gelegen, wollte sich aber nichts anmerken lassen. Er hatte bolzengerade dort gesessen, unermüdlich auf die Fragen geantwortet und gebetet, dass sie seine Krankheit nicht bemerkten und als Vorwand benutzten, um ihn und seine Familie abzuweisen.

Die Erinnerungen an diese Zeiten überfluteten Abdirahim jetzt. Er konnte nicht mehr auf die Fragen antworten. Da riefen sie endlich Nadifa, und sie war wütend, aber nicht auf ihn. Sie brüllte die Männer an, weil sie ihr Kind retraumatisiert hatten, und verlangte auch ihre Namen und die Dienstnummern, zückte das Telefon und zeichnete alles auf, auch sein Weinen. Er schämte sich, aber er konnte einfach nicht aufhören.

Nadifa schwor sich, dass es eine Abrechnung geben würde, und Salima stimmte ihr innerlich zu, fürchtete aber auch, sie würden dabei den Kürzeren ziehen.

So kam es dann auch.

Die Aufzüge hatten natürlich Kameras, und die Gesichtserkennungssoftware brauchte zehn Sekunden, um eine Liste aller armen Bewohner zu erstellen, die sich an dem Aufzugkapitänssystem beteiligt hatten, zusammen mit allen Zeitpunkten und Daten der Fahrten. Das Gebäudemanagement brauchte einen Tag, um die Daten in Vordrucke einzufügen, die jeden, der sich beteiligt hatte, darüber informierte, dass er den Mietvertrag verletzt hätte. Dort sei es ausdrücklich untersagt, die Systeme des Gebäudes »zu verändern, durch Reverse Engineering zu beeinflussen, abzuschalten, zu umgehen, vom Netz zu trennen, zu manipulieren, zu beschädigen oder zweckentfremdet zu verwenden«. Weitere Verletzungen würden eine Zwangsräumung nach sich ziehen. Seien Sie gewarnt. Vergessen Sie das nicht.

Es war demütigend, auf diese Weise abgekanzelt zu werden. Sogar für Salima, die im Laufe der Jahre äußerst demütigende Raubüberfälle, Leibesvisitationen und Beschlagnahmungen erlebt hatte, ganz zu schweigen von Kollektivstrafen, dem Durchwühlen höchst privater Daten und Erinnerungen, und all das nur, um einen Vorwand zu finden, ihr die Menschlichkeit zu nehmen. Nachdem sie jahrelang auf der Stelle getreten war, hatte nun ihr wirkliches Leben begonnen. Sie hatte eine Wohnung, einen Job und Freunde, die sie fast schon als Familienangehörige betrachtete. Dies erinnerte sie daran, dass ihr gegenwärtiges Leben nur eine hauchdünne Tünche über der Welt war, in der sie vorher gelebt hatte.

Ihr ganzes Leben lang war die Welt geteilt gewesen. Auf der einen Seite die Menschen in ihrer Nähe, die sie kannten und wussten, wer sie war. Die meisten dieser Menschen waren wohlwollend und unterstützten sie, wie sie umgekehrt die anderen unterstützte. Einige waren auch böse und wollten ihr schaden – die Lager waren kein Paradies –, aber auch bei diesen war es immer etwas Persönliches.

Außerdem gab es noch eine andere Welt, die sie größtenteils nicht kannte, voller Menschen, die sie umgekehrt überhaupt nicht kannten, von denen aber dennoch ihr Leben abhing. Diejenigen, die in Massen gegen Flüchtlinge demonstrierten. Politiker, die tobten, weil unter den Flüchtlingen Terroristen versteckt seien, und die anderen, die halb verschlüsselt über »Integration« redeten und »zu viele« und »zu schnell« meinten. Die Soldaten, Cops und Wachleute, die mit Waffen auf sie zielten und ihr Befehle zuriefen. Die Bürokraten, die sie niemals sah und die aus Gründen, die sie nicht nachvollziehen konnte, ihre Eingaben ablehnten. Und dann die anderen Bürokraten, die ihr ins Auge blickten, ihre Eingaben rundheraus ablehnten und sich weigerten, irgendetwas zu erklären.

Die letzte Gruppe hatte eine neue Untergruppe bekommen, so fern wie die Ursachen des Wetters: das mit einem Laserdrucker bewaffnete Gebäudemanagement. Die Mitarbeiter überzogen Menschen, deren Namen sie nicht kannten und deren Gesichter sie noch nie gesehen hatten, mit Drohungen, weil sie eine lächerliche Übertretung begangen und erniedrigende Regeln verletzt hatten.

Die Aufzugkapitäne hatten alle zum Kichern gebracht. Hinter den Armentüren auf den Sozialwohnungsstockwerken hatten sich die Bewohner wie Mäuse gefühlt, die die Katze überlistet hatten. Die Briefe verwiesen sie auf den ihnen gebührenden Platz. Sie waren Küchenschaben, die sich von Kammerjägern bedroht sahen.

Die Aufzüge waren nicht besser programmiert als der Disher, der Boulangism, der Thermostat oder irgendetwas anderes. Der große Unterschied lag im Zugang. In der Küche konnte sie den Disher zerlegen, ohne irgendjemandem irgendetwas erklären zu müssen, aber wenn sie so etwas auf dem Flur in Sichtweite der Kameras und Nachbarn versuchte, wäre die Situation völlig anders.

Um die Aufzüge zu manipulieren, musste sie die Kameras ausschalten und mitten in der Nacht arbeiten. Selbst dann musste sie befürchten, entdeckt zu werden. Vielleicht sollte sie auch das Licht abschalten und eine Arbeitsleuchte benutzen. Sie stellte es sich vor: einen formlosen Overall anziehen, auf einem Knie kauern, den Schutzhelm weit nach unten ziehen. Das Licht war aus, ein paar Strahler blendeten jeden, der sie beobachten wollte. Es war ein schöner Tagtraum, und sie malte sich aus, wie jemand sie zu schnappen versuchte und wie sie sich dem Zugriff entzog. Es tat besonders gut, wenn sie sich erholte, nachdem sie 34 Stockwerke hochgestiegen war, oder wenn sie frustriert 45 Minuten warten musste, während der Becher mit Tajine aus dem Imbiss an der Ecke langsam abkühlte. Der Duft machte sie fast verrückt.

Sie spülte die traurigen Reste des Schmorgerichts auf ihrem Teller mit einem Glas billigem, köstlichem Retsina hinunter – das Lieblingsgetränk vieler Flüchtlinge, die durch Griechenland gereist waren, und dank der Verbreitung in den Lagern auch derjenigen, die auf anderen Wegen gekommen waren. Sie blickte durch das winzige Fenster auf Boston hinunter. Der Charles River war zwischen den Deichen stark angeschwollen, unter den Laternen eilten die ameisengroßen Menschen nach Hause, während sich die frühe Herbstdämmerung rasch über sie senkte. Sie träumte von Schutzkleidung und Arbeitsleuchten, von dem Werkzeug, das sie brauchte, um die Platte vor der Notsteuerung der Feuerwehr zu entfernen und an den USB-Anschluss dahinter zu gelangen, von den raffinierten Änderungen im Algorithmus des Gebäudes, damit die gesichtslosen Manager nie bemerkten, dass sie dort eingedrungen war.

Es klingelte. Auf dem Bildschirm sah sie, dass Abdirahim vor der Tür stand. Der Autofokus der Kamera konzentrierte sich auf das Gesicht und stellte den übrigen Körper etwas verzerrt dar. Der Junge war für die auf erwachsene Menschen eingerichtete Aufhängung der Kamera knapp einen halben Meter zu klein. Mit einem Winken entsperrte sie die Tür, und er kam herein und blickte zwischen der Tajine, dem Wein und ihr hin und her.

»Hast du schon gegessen?« Das hatte ihre Mutter zu jedem gesagt, der über die Schwelle getreten war, auch wenn gar kein Essen mehr da war, das man hätte teilen können. Früher hatte Salima sich daran gestört, jetzt sagte sie es selbst ganz automatisch, wenn, was selten genug geschah, ein Besucher bei ihr anklopfte.

»Ja.« Abdirahims Antwort kam viel zu schnell.

»Aber du hast immer noch Hunger.« Das war keine Frage. Sie wusste noch, wie es war, wenn man dreizehn war: immer hungrig. Sie gab ihm einen Teller, schaufelte etwas Tajine darauf, fand ein Pita und schob es in den Toaster, um es aufzuwärmen. Als das Brot fertig war, sah er sie mit großen Augen an.

»Funktioniert deiner noch?«

Sie begriff nicht sofort, dass er den Toaster meinte. »Ja, er funktioniert«, antwortete sie. »Ich habe ihn repariert.« Nicht ohne Stolz fügte sie hinzu: »Den Geschirrspüler auch. Genau wie den Thermostat. Und den Kühlschrank.«

»Zeig es mir.«

»Iss zuerst etwas.«

Auf dem Weg in seinen Magen schien das Essen kaum die Kehle zu berühren. Sie überlegte, ob sie ihn ermahnen sollte, langsam zu essen, weil sie im

Moment gewissermaßen die Mutter vertrat, doch sie wollte ihm unbedingt ihre Erfolge zeigen, und er wollte sie unbedingt sehen.

Als er sie dazu aufgefordert hatte, war ihr bewusst geworden, dass sie vor geheimem Wissen, das sie mit jemandem teilen wollte, fast platzte.

Sobald er fertig war, schob sie seinen Teller in den Geschirrspüler und winkte ihn zu sich, damit er den Bootbildschirm beobachten konnte, während sie das Gerät einschaltete. Die hübsche Grafik zeigte vermenschlichtes Geschirr, das voller Abscheu und zornig in der Gischt der Disher-Werkseinstellungen litt. Abdirahim klatschte in die Hände, lachte und wollte auch den Rest sehen. Dann wollte er wissen, wie man es anstellte.

Es heißt, man weiß nicht wirklich etwas, solange man es nicht jemand anderem beibringen kann. Salima sah noch einmal die Anweisungen durch und begriff, dass sie beim ersten Mal weitgehend blind der Anleitung gefolgt war – und wie viel sie inzwischen gelernt hatte. Jetzt konnte sie die einzelnen Schritte tatsächlich verstehen. Sie konnte Abdirahim erklären, warum jeder Schritt notwendig war, was dabei geschah und wie es vor sich ging. Ihr Herz schlug schneller, und das Blut sang, als sie sah, wie meisterhaft sie inzwischen vorgehen konnte.

Das, so dachte sie, war das richtige Gegengift, wenn sie unter fernen Menschen litt, die so viel Macht über ihr Leben hatten, obwohl sie ihnen noch nie begegnet war. Sie wollte die Computer in ihrer Umgebung kontrollieren, statt von ihnen kontrolliert zu werden.

»Weißt du«, erklärte sie schließlich staunend und erschüttert, weil sie es unversehens begriff, »weißt du, wenn dich jemand mit einem Computer kontrollieren will, dann muss er den Computer dort einbauen, wo du bist und wo er eben nicht ist. Deshalb kannst du ohne Überwachung auf den Computer zugreifen. Ein Computer, auf den du ohne Überwachung zugreifen kannst, ist ein Computer, den du verändern kannst, weil im Grunde alle Computer gleich sind. Wenn du dir die Programme unter der Oberfläche ansiehst, stellst du fest, dass es immer der gleiche Computer in einem unterschiedlichen Gehäuse ist. Sobald du die Kontrolle über den Computer übernimmst, gehört das betreffende Gerät allein dir.«

Kaum hatte sie die Worte ausgesprochen, da wich der messianische Eifer einem nagenden Selbstzweifel. Sie kam sich dumm und unbedeutend vor, als sie triumphierend auf einen kleinen Jungen einredete, der erst vor ein paar Monaten die Notunterkunft für Flüchtlinge verlassen hatte. Aber dann sah sie Abdirahims Augen glänzen. Es war der gleiche Glanz wie in ihren eigenen Augen. So wurde ihr klar, dass sie die Vision teilten.

»Unser Geschirrspüler und der Herd funktionieren schon seit Wochen nicht mehr«, berichtete er.

»Oje.« Daran hatte sie noch gar nicht gedacht. Instinktiv hatte sie es Nadifa verheimlicht, weil sie etwas potenziell Gefährliches tat und nicht wollte, dass Nadifa sie darauf hinwies. Das war allerdings vor ihrer Vision gewesen. »Lass uns zu deiner Mutter gehen.« Ehe sie durch die Tür trat, dachte sie daran, den Retsina mitzunehmen.

Früher hätte Nadifa auf den Vorschlag, die Küchengeräte zu hacken, vielleicht empört reagiert, aber inzwischen hatte sie zwei Wochen lang ohne Toaster und Geschirrspüler die Kinder versorgt. Notgedrungen hatten sie alles kalt essen oder Geld, das sie eigentlich nicht besaßen, am Imbiss ausgeben müssen. So traten die Bedenken, die sie gehegt haben mochte, in den Hintergrund. Als Abdirahim seinen Schwestern erklärte, wie man die wichtigsten Geräte in der Wohnung mit einem Jailbreak gefügig machte, glühte sie vor mütterlichem Stolz.

»Er ist gut darin«, erklärte Salima. »Ich habe es ihm nur ein einziges Mal gezeigt, und jetzt ...« Sie deutete auf die Apparate.

»Meinst du, wir bekommen Ärger? Mit den Eigentümern, meine ich. Denen gehören doch die Geräte.«

Salima zuckte mit den Achseln. »Sie haben einen Anteil von dem Geld bekommen, das wir bisher für das Spezialbrot und die Waschmittel ausgegeben haben. Da beide Firmen pleite sind, dürfte von dort kein Geld mehr fließen. Falls sich die Hersteller aber aus der Insolvenz erholen und bemerken, dass hier niemand mehr ihre Produkte benutzt ...«

Nadifa nickte. »Dann bekommen wir mit Sicherheit Ärger.« Sie beobachtete die Kinder, die die Verkleidung des Thermostats abgenommen hatten und auf dem großen Bildschirm daneben eifrig ein Video verfolgten. Dort erklärte jemand, der als großes Kaninchen dargestellt wurde, wie man das Gerät in den Debug-Modus versetzte, der es einem erlaubte, zentrale Befehle zu annullieren. »Aber wer soll es schon merken, wenn es nur wir zwei sind?«

Wieder zuckte Salima mit den Achseln. »Wenn das System gut konstruiert ist, wird es auffallen. Es ist doch seltsam, wenn unsere Wohnungen so viel weniger abwerfen als alle anderen. Bei einem Auftrag habe ich mal festgestellt, dass zwei Selbstbedienungskassen einer Apotheke zwanzig Prozent weniger Geld umgesetzt haben als die anderen. Zuerst dachte ich, sie seien kaputt, aber auch nachdem sie gewartet und sogar versetzt worden waren, blieben sie zwanzig Prozent unter dem Durchschnitt. Als die Kassen zur Analyse eingeschickt wurden, stellte sich heraus, dass man sie gehackt und gemolken hatte.«

»Aber du bist gut in deinem Job und achtest auf so etwas.« Unausgesprochen: Wer die Sozialwohnungsstockwerke der Dorchester Towers überwachte, war sicher nicht gut in seinem Job und kümmerte sich hoffentlich nicht um solche Details.

»Ich bin sicher, dass ihnen das Geld wichtig ist. Aber vielleicht ist das System nicht perfekt.« Sie dachte darüber nach. »Keine Ahnung. Auf jeden Fall wollen sie Geld verdienen, und die Geräte, die ihnen helfen, möglichst viel zu verdienen, genießen wahrscheinlich die größte Aufmerksamkeit. Ich erkundige mich mal danach. Es muss doch noch andere Menschen geben, die in der gleichen Situation sind wie wir.«

Die Kinder führten einen erfolgreichen Test der Veränderungen am Thermostat durch und sahen sich nach einem neuen Angriffsziel um.

»Vergesst nicht den Kühlschrank«, sagte Nadifa. »Das macht sicher großen Spaß, aber es ist schwierig.«

Sie stürmten zum Bildschirm und begannen zu tippen. Idil, das ältere Mädchen, musste am Schild in der Tür des Kühlschranks die Modellnummer ablesen.

Natürlich war Salima klar, dass sich die Kinder nicht auf die eigene Wohnung beschränken würden. Manchmal begegnete sie ihnen auf dem Flur, wo sie von einem Apartment zum nächsten flitzten. Das Gefühl, das sie dabei hatte, war schwer zu beschreiben: Stolz und Erregung, aber auch Sorge und eine Neuauflage des üblen, ohnmächtigen Gefühls, als sie nach Hause gekommen war und die an die Türen gehefteten Vordrucke mit den Drohungen gelesen hatte.

Im Aufzug hörte Salima die Leute flüstern: *Hast du es bei dir schon gemacht? Es ist ganz einfach. Ich backe jetzt wieder Brot! In einem Gebrauchtwarenladen haben wir schönes Geschirr gefunden. Es ist so angenehm, es in der Maschine spülen zu können. Mein kleiner Junge hat es im Handumdrehen hinbekommen.*

Eines Abends klopfte es drängend und leise an der Tür. Sie öffnete und sah Abdirahim mit weit aufgerissenen Augen und sichtlich nervös vor sich stehen. Ihr Herz raste, und die Achselhöhlen wurden feucht, während sie dachte: *O nein, jetzt ist es passiert.*

»Erzähl schon«, sagte sie und zog ihn herein.

»Ich habe das Gleiche gemacht wie immer«, erklärte er. »Ein Toaster. Ich habe schon viele repariert. Aber dieses Mal ging etwas schief, und er lässt sich nicht einmal mehr einschalten.«

Erleichtert atmete sie auf. Er hatte den Toaster eines armen Mitbewohners geschrottet, aber sie wurden nicht alle hinausgeworfen. »Lass uns nachsehen.«

Natürlich gab es auch ein Forum für solche Pannen. Abdirahim war nicht der Erste, der ein Gerät lahmgelegt hatte. Es gab einige Tricks, um eine Notkonsole zu booten, von der aus man das ursprüngliche Betriebssystem mühsam wieder aufspielen konnte, und dann konnten sie noch einmal von vorne beginnen. Sie ließ sich von Abdirahim helfen, las die Anweisungen und suchte weitere Hinweise, sobald sie auf unerwartete Fehlermeldungen stießen.

Der Toaster gehörte einem alten Serben, der noch nie ein Wort mit ihr gewechselt hatte, obwohl sie sich öfter im Aufzug begegnet waren oder gemeinsam in der Lobby gewartet hatten. Sie hatte angenommen, er sei ein Rassist, weil das normalerweise der Grund dafür war, dass Weiße nicht mit ihr redeten. Sie nahm es nicht persönlich. Manche Leute waren einfach nur dumm.

Allerdings schien es so, als sei der Mann ungeheuer schüchtern und unsicher und nicht notwendigerweise auch ein Rassist. Er bot ihnen Tee und

Kekse an, die er aus einer Packung sorgfältig abzählte. Der Schrank, aus dem er das Gebäck geholt hatte, war bis auf einen großen Becher Erdnussbutter, der vermutlich von einer Tafel stammte, praktisch leer. Während sie arbeiteten, entschuldigte er sich viermal, um auf die Toilette zu gehen. Sie hörten das schmerzliche Tröpfeln eines alten Mannes, der mit einer vergrößerten Prostata zu kämpfen hatte.

Irgendwann hätte sie am liebsten aufgegeben. Der Toaster zeigte nicht einmal mehr den Bootloader-Bildschirm. Er war in schlechterer Verfassung als zuvor. Der alte Mann schaute jedoch so besorgt drein, und sie wusste, dass er sich keinen neuen Toaster leisten konnte. Sie stellte sich vor, wie er mit den kalten Mahlzeiten aus Keksen und Erdnussbutter überlebt hatte, seit Boulangism pleitegegangen war.

Deshalb begannen sie und Abdirahim wieder bei Schritt eins und überprüften alles, aber auch wirklich alles sehr methodisch. Schließlich bemerkten sie, dass der Toaster ein älteres Modell war und sich von denen in allen anderen Wohnungen unterschied. Äußerlich war er identisch, aber die Modellnummer wich in einem Buchstaben ab, und als sie danach suchte, fand sie eine ganz andere Liste mit Anweisungen, die schließlich auch funktionierten. Es war schon nach ein Uhr in der Nacht, als sie endlich fertig waren. Trotzdem ging sie zu ihrer Wohnung hinunter und holte die

Zutaten für gegrillte Käsesandwiches auf selbst gebackenem Brot. Sie veranstalteten ein mitternächtliches Gelage, von dem sie Sodbrennen bekam, aber das war es ihr wert.

Beim nächsten Mal klopfte ein Junge, den sie nicht einmal kannte, bei ihr an und bat um Hilfe mit einem zerschossenen Bildschirm. Abdirahim hatte anscheinend seinen Helfershelfern in den Dorchester Towers erzählt, dass Salima einen zuverlässigen Notfallservice anbot.

Beim dritten Mal wurde ihr bewusst, dass sie der Entwicklung voraus sein musste, wenn sie jemals wieder etwas Ruhe finden wollte.

»Abdirahim.« Sie starrte den Jungen an, bis er ihren Blick erwiderte. Es half durchaus, dass Nadifa anwesend war.

»Ja, Tante?« So nannte er sie nur, wenn ihm Ungemach drohte. Sonst war sie »Salima« oder dank der angelernten amerikanischen Umfangsformen einfach nur »Sally«. Das war neu für sie, und sie war nicht ganz glücklich damit.

»Wenn du mit deinen Freunden so weitermachst, wird es gefährlich. Irgendwann wird man dich erwischen, und man wird auch die Leute erwischen, die hier leben. Erinnerst du dich an die Aufzugkapitäne und was dann passiert ist?«

»Ja, Tante.«

»Wir wollen doch nicht, dass sich das wiederholt, oder?«

»Nein, Tante.«

»Wir wollen auch nicht, dass alle hier an die frische Luft gesetzt werden.«

»Nein, Tante.«

»Ich möchte, dass alle deine Freunde morgen nach der Schule zu mir kommen. Um siebzehn Uhr. Sag ihnen, wer nicht kommt, darf nie wieder einen Jailbreak machen.«

Er schien überrascht. »Heißt das, wir dürfen weitermachen, wenn wir kommen?«

Lächelnd suchte sie Nadifas Blick. »O ja, mein Junge. Wir werden nicht aufhören, die Regeln zu brechen. Wir werden es nur klüger anfangen als bisher.«

Sie kaufte Snacks für die Kinder, sogar mehr, als sie ihrer Ansicht nach brauchen würden, und es reichte trotzdem nicht. Immer mehr trudelten bei ihr ein, klopften an der Tür, bis sie sie einfach offen stehen ließ, und versammelten sich in ihrer Wohnung. Zehn Kinder, zwanzig, vierzig. Dann verlor sie die Übersicht. Sie standen im Bad und reichten Tüten mit Süßigkeiten und Brezeln herum, drängten sich in der Küche und standen sogar auf der Anrichte. Einer saß in der Spüle.

»Ruhig jetzt, ruhig!« Sie hießen sich gegenseitig schweigen. Salima wandte sich an Abdirahim. »Sind das jetzt alle?«

Er verrenkte sich den Hals und sah sich um. »Ich glaube schon.«

Sie schüttelte den Kopf. »Schließt bitte die Tür, und irgendjemand soll die Klimaanlage hochdrehen.« Die Kinder in verschiedenen Stadien der Pubertät verbreiteten in der kleinen Wohnung einen Geruch wie im Ziegenstall. Sie musste an die Schlafsäle in den Lagern denken, in denen sie gelebt hatte.

»Zuerst will ich euch sagen, dass ich auf euch alle sehr stolz bin. Ihr habt etwas Wichtiges gelernt, und ihr habt euren Nachbarn geholfen, als sie euch brauchten. Ihr wisst aber, dass das, was ihr getan habt – was ich ebenfalls getan habe –, gegen die Regeln verstößt, und da es jetzt so oft geschieht, wird es immer schwieriger, nicht erwischt zu werden. Wir dürfen uns auf keinen Fall erwischen lassen. Kann mir jemand sagen, warum?«

Ein wahrer Wald von Armen schoss in die Höhe, und der Geruch traf sie wie eine massive Wolke. Sie zeigte auf ein pummeliges kleines Mädchen, das beinahe vor Begeisterung platzte. »Weil wir dann alle hinausgeworfen werden?«

Salima nickte. »Und was noch?«

Das Mädchen dachte kurz nach. »Weil außerdem alle hinausgeworfen werden, denen wir geholfen haben?«

Wieder nickte Salima. »Ganz genau.« Es tat gut zu hören, dass die Kinder wussten, was auf dem Spiel stand. Zugleich war es beängstigend, dass sie es so unbefangen laut aussprachen, und noch beängstigender, dass sie so tollkühn vorgegangen waren, obwohl sie die Gefahren kannten.

»Ich habe mich schlaugemacht, weil ich nicht mehr darüber weiß als ihr. Ich habe es gelernt, indem ich die gleichen Videos angesehen und die gleichen Foren besucht habe wie ihr. Wir sind nicht die Einzigen, die solche Probleme haben. Die Leute reden oft darüber. Disher und Boulangism wurden verkauft, und die neuen Besitzer sagen, sie werden bald wieder online sein. Wir müssen uns überlegen, wie wir auch in Zukunft ungefährdet weitermachen können.«

Sie vergewisserte sich, ob die Kinder ihr folgen konnten. Die Vorstellung, alles hinge mit der Insolvenz weit entfernter Firmen zusammen, war recht esoterisch. Was dachten die Kinder über die Geräte, die sie knackten? Betrachteten sie die Apparate einfach nur als kaputte Dinge, mit denen sie zurechtkommen mussten, wie Salima es bei den Bildschirmen in der Unterkunft getan hatte? Oder sahen sie in den Geräten einen Feind und etwas, mit dem sie sich im Krieg befanden? Die Waffen eines fernen Gegners, der sie alle seinem Willen unterwerfen wollte?

»Leider weiß niemand ganz genau, wie die Firmen überwachen, was wir tun, und wie sich die neuen Besitzer verhalten werden. Viele ursprüngliche Programmierer wurden gefeuert, und einige von ihnen sind in den Foren aktiv. Oder jedenfalls behaupten manche Teilnehmer, sie wären die Programmierer. Im Moment gibt es ein Wettrennen. Jeder will der Erste sein, der einen zuverlässigen Weg findet, um die Überwachungseinrichtungen zu täuschen, damit die Firmen glauben, wir hätten keinen Jailbreak gemacht. Wir müssen die Apparate der Leute verändern, sodass sie wenigstens ein bisschen Gewinn für die Firmen abwerfen, denn sie würden es bemerken, wenn aus den Dorchester Towers überhaupt kein Geld fließt. Versteht ihr das?« Sie nickten. Sie konnten ihr folgen. *Kluge Kinder,* dachte sie. Sie hatten ihr ganzes Leben damit verbracht, Apparate zu überlisten, die sie kontrollieren wollten.

»Hier ist die Aufgabe: Wir werden alle Foren lesen und alles sammeln, was wir finden, um zu klären, welche Leute wirklich wissen, wovon sie reden. Dann suchen wir noch einmal alle Wohnungen auf und stellen die Geräte um, damit in Zukunft nichts passieren kann. Dies setzt voraus, dass wir einen brauchbaren Plan entwickeln. Wenn wir feststellen, dass niemand weiß, was passieren wird, setzen wir alle Apparate auf die Werkseinstellungen zurück und heben die Jailbreaks auf.« Das provozierte ein allgemeines Stöhnen und sogar einige protestierende Rufe, doch sie hob beide Hände. »Ich weiß, ich weiß. Es ist aber besser, schlechte Geräte zu haben, als aus der Wohnung zu fliegen. Auf der ganzen Welt gibt es Millionen Menschen, die in der gleichen Lage sind wie wir. Sie alle versuchen, das Problem zu lösen. Vielleicht wird es doch nicht so schlimm. Mir ist klar, dass ihr viel lieber mit den Geräten spielt, als Foren zu lesen, aber wenn ihr in Zukunft weiter Jailbreaks durchführen wollt, dann müsst ihr auch die notwendigen Nachforschungen anstellen.«

Es war zu voll, um alle Fragen zu beantworten. Abdirahim hob trotzdem die Hand. Sie rief ihn auf. »Tante, es gibt da eine Sache, die ich nicht begreife.«

»Nur eine?« Sie lächelte, und er lächelte zurück.

»Im Moment, ja. Wenn ich mit dem Notizblock in die Schule gehe, kann ich alles aufschreiben, was ich will. Ich muss die Firma, die den Stift hergestellt hat, oder den Laden, wo ich den Block gekauft habe, nicht fragen, wie ich beides benutzen darf. Ich kann Seiten herausreißen und Flugzeuge falten, ich kann kritzeln oder aufschreiben, was der Lehrer sagt. Wenn ich die Schuhe anziehe, kann ich damit gehen, wohin ich will. Ich kann mich mit jeder Sorte Papier abwischen …« Die anderen Kinder lachten. »Aber ich kann in meinen Toaster nicht jedes Brot stecken, das ich toasten will.«

Sie wartete. Es fiel ihm schwer, die richtigen Worte zu finden. »Wie lautet jetzt deine Frage, Abdirahim?«

Er schüttelte den Kopf und zuckte mit den Achseln. »Ich weiß nicht. Ich will nur verstehen, warum es gegen das Gesetz verstößt, wenn man sein Brot selbst aussuchen will, während man es bei den Socken darf. Was unterscheidet einen Toaster von den Schuhen?«

Sie öffnete den Mund und wollte antworten, stellte aber fest, dass sie die Antwort nicht kannte. Bis zu diesem Augenblick hatte sie eine Art intuitives Gefühl dafür gehabt, dass es Dinge mit Regeln und andere Dinge ohne Regeln gab. Es war so selbstverständlich gewesen, dass sie die beiden Kategorien bisher noch nicht einmal benannt hatte. Als sie jetzt versuchte, eine Regel zu finden, die den Unterschied zwischen den beiden Gruppen erklärte, entdeckte sie, dass sie es nicht konnte.

»Das ist eine ausgezeichnete Frage«, räumte sie schließlich ein. »Forsche doch selbst nach der Antwort und berichte uns, was du herausgefunden hast.«

Er verdrehte die Augen und stöhnte dramatisch, schien sich aber auch auf die Herausforderung zu freuen. Er war wirklich ein kluger kleiner Kerl. Sie scheuchte die aufgeregt schnatternden Kinder hinaus. Sie schubsten sich und spielten sich auf, wie es Kinder eben taten. Nachdem sie fort waren, blieb der Geruch haften. Sie stellte die Klimaanlage auf 140 %. Diesen Menüpunkt hatte sie nicht verstanden, als sie den Thermostat gehackt hatte. Jetzt war sie dankbar dafür.

Sie versuchte zu schlafen, doch Abdirahims Frage ließ sie nicht mehr los. Nach einer Weile verwandelte sie das Bett wieder in ein Sofa und arbeitete zwei Stunden am großen Bildschirm. Zu ihrer Erleichterung stellte sie fest, dass das Lesen der technologischen Gesetze besser wirkte als eine Schlaftablette.

IRGENDETWAS AN DER FRAU, die in der U-Bahn vor ihr stand, erregte Salimas Aufmerksamkeit. Sie kannte die Frau nicht, und doch kam sie ihr irgendwie sehr vertraut vor. Heimlich warf sie ihr Blicke zu, bis es ihr endlich auffiel: Das Logo auf dem Firmenausweis der Frau, der in Augenhöhe an einem Band hing. Salima kannte das Logo, hatte es aber seit Monaten nicht mehr gesehen. Es war das Firmenlogo von Boulangism, eine stilisierte Brotscheibe, die mit einer durchgehenden Linie gezeichnet und von drei gekringelten Heizdrähten umgeben war.

Die Frau bemerkte, dass Salima sie anstarrte, und suchte ihren Blick. Sie war jung und weiß und hatte wirres braunes Haar und die Sorte Kontaktlinsen, mit denen die Computerleute den ganzen Tag die Bildschirme anstarren konnten, ohne ihren Schlafrhythmus durcheinanderzubringen. Die Leuchtreklame im oberen Drittel des Waggons beleuchtete sie in allen Regenbogenfarben.

»Boulangism?«, fragte Salima.

Die Frau nickte begeistert. »Ja, genau.«

»Sind sie hier in Boston?«

»Ja, jetzt schon. Ein Fonds an der Route 128 hat die Firma gekauft, und dann haben sie eine Menge Leute vom MIT engagiert, um den Laden für den Neustart wieder in Schwung zu bringen.« Die Frau war jünger, als Salima angenommen hatte – offenbar eine Studentin in den ersten Semestern. Sie versuchte, sich die Kinder, die sich in ihrem Apartment gedrängt hatten, als Klassenkameraden dieser jungen Frau vorzustellen und wie sie von einer reichen Firma von den Studienplätzen weggelockt wurden. Sie waren klug, aber waren sie klug genug? Wie klug musste man eigentlich sein? Sie wollte mehr über die Frau erfahren.

»Hast du einen Boulangism?«

Salima nickte. »Und du?«

Die Frau schnaufte empört. »O Gott, nein. Ich meine, dieses Geschäftsmodell mit dem autorisierten Brot ... so etwas würde ich mir nicht einmal ins Haus stellen, wenn ich dafür bezahlt würde. Warum hast du dir einen gekauft?«

»Habe ich nicht, er war schon in der Wohnung.«

»Zieh ihn ab und stelle ihn in den Schrank, und dann kaufst du dir einen richtigen Ofen.«

Auf diese Idee war Salima noch gar nicht gekommen. Sie hatte keine Ahnung, was ein Toasterofen kostete. Wahrscheinlich konnte sie es sich leisten. Nicht dass sie einen Schrank hatte, und dann waren da auch noch all die anderen Leute auf den Sozialwohnungsstockwerken, die Alten und die Familien mit Kindern, die nicht ihre Fähigkeiten besaßen oder nicht Englisch sprachen. Sie konnte nicht für alle Nachbarn Öfen kaufen – ganz zu schweigen von den Geschirrspülern und den anderen Geräten.

»Anscheinend hältst du nicht viel von der Firma.«

Die Frau verdrehte die Augen. »Es ist ein guter Job, und die technischen Herausforderungen sind interessant, aber diese Sperren sind einfach nervig.«

Salima konnte sich nicht zurückhalten. »Das finde ich auch.«

»Sie haben ein ganzes Team angeheuert, um die Leute zu finden, die die Geräte mit Jailbreaks geknackt haben. Eine richtige Spitzeltruppe. Also, das ist eine Arbeit, die ich nie machen würde. Man hat ja seine Prinzipien.«

Sie waren schon an Salimas Haltestelle vorbei. Es war ihr egal. Sie konnte jederzeit zurückfahren. Die Unterhaltung war viel zu interessant, um sie so schnell zu beenden. »Ich bin Salima.«

»Wyoming«, antwortete das Mädchen und gab ihr die Hand. Schlank und geschmeidig, die Hand einer Schreibkraft.

Obwohl sie sich in einem sehr öffentlichen Raum befanden, spürte Salima rings um sich eine Blase der Unaufmerksamkeit. So war es in den Städten, wenn man so tat, als könne man die Leute, die sich gegen einen drängten, nicht sehen. In den Lagern hatte sie sich daran gewöhnt. Sie hatte diese Fähigkeit oft gebraucht, um bei Verstand zu bleiben.

»Was glaubst du, wann die Server wieder hochgefahren werden?«, fragte Salima. Der Mann neben ihr stand auf, um an der nächsten Haltestelle auszusteigen. Wie viele Haltestellen blieben ihnen noch? Salima wollte noch eine Station weiterfahren, nachdem Wyoming ausgestiegen war, zur anderen Seite gehen und sich auf den Rückweg machen. Wenn sie gleichzeitig ausstiegen, würde Salima dastehen wie eine gruselige Stalkerin.

Wyoming zuckte zusammen. »Oh, verdammt! Daran habe ich noch gar nicht gedacht. Das muss für dich ja schlimm gewesen sein. Wie lange hat es gedauert? Vier oder fünf Monate? Ohne Ofen? Du kannst es wohl gar nicht erwarten, dass es wieder losgeht, was?«

»Fünf Monate«, antwortete Salima. »Das war eine lange Zeit.«

»Du Arme. Ich hätte meinen Apparat mit einem Jailbreak in Ordnung gebracht. Ehrlich gesagt, das haben so viele Leute gemacht, dass es Monate dauern wird, bis das alles wieder richtig läuft. Aber ich kann den Benutzern keinen Vorwurf machen. Ich meine, bäh!«

»Genau.« Sie lachten beide. Die Bahn hatte sich weitgehend geleert, es waren nur noch zwei Haltestellen bis zur Endstation. Wo wohnte dieses Mädchen? Mit dem guten Gehalt einer Programmiererin konnte sie sich mitten in Cambridge eine gute Wohnung leisten und musste nicht hier draußen in Needham unterkriechen.

Salima ging ein Risiko ein. »Ist das schwer, so ein Jailbreak?«

»Nein, überhaupt nicht. Ich meine, wie sollte es auch anders sein? Das sind ganz einfache Sicherheitsmaßnahmen, die Mathematik dahinter ist nicht schwer. Du willst auf dem Toaster ein Programm laufen lassen, das die Brotprüfung aushebelt. Wir wollen das verhindern. Also bauen wir etwas ins Betriebssystem ein, das überprüft, ob das Programm, das du startest, zu denen gehört, die wir genehmigt haben. Zu diesem Zweck sehen wir uns eine verschlüsselte Signatur an, die uns verrät, ob das Programm tatsächlich mit dem privaten Schlüssel signiert ist, den wir geheim halten.« Sie lächelte verschwörerisch.

»Ich muss das wohl erklären. In der Kryptografie gibt es private und öffentliche Schlüssel. Es sind immer Paare. Was der private Schlüssel codiert, kann nur der öffentliche Schlüssel lesbar machen und umgekehrt. Wenn der öffentliche Schlüssel etwas lesbar macht, muss es vom privaten Schlüssel codiert worden sein. Wenn der private Schlüssel etwas lesbar machen kann, muss es vom öffentlichen Schlüssel verschlüsselt worden sein. Ist das so weit klar?«

Auf einmal verstand sie vieles, was sie in den Foren gelesen hatte. Öffentliche und private Schlüssel, jeweils in Paaren. Was einer tat, konnte der andere rückgängig machen. »Ich kann mit deinem öffentlichen und meinem privaten Schlüssel eine Nachricht signieren, und dann kannst nur du sie lesen, und du bist zugleich sicher, dass nur ich sie geschrieben haben kann.« Es kam zögernd heraus, allmählich begriff sie es. Es war sehr elegant.

»Genau so ist es. Ein Boulangism kennt den öffentlichen Schlüssel der Firma, und alle Updates des Programms sind mit dem privaten Schlüssel versehen. Wenn der öffentliche Schlüssel die Signatur öffnen kann, dann weiß das Gerät, dass es dem Update vertrauen kann, weil es von jemandem geschickt wurde, der den Schlüssel der Firma benutzen darf.« Sie verstand immer mehr, es war wie im letzten Kapitel eines Krimis, wenn sich alle Hinweise zusammenfügten und die Verwirrung einer geordneten Abfolge von Ereignissen wich. Beinahe hätte sie die Frau unterbrochen und etwas gesagt, aber sie hielt sich zurück, weil sie wusste, worauf es hinauslaufen würde. Sie wollte die Fremde nicht misstrauisch machen, indem sie ihr zeigte, dass sie zu viel wusste. Die Frau war sehr freundlich, arbeitete aber für den Feind.

»Das funktioniert immer hundertprozentig, weil die Mathematik zuverlässig ist. Was mit einer Hälfte des Schlüsselpaars codiert wurde, kann nur mit der anderen Hälfte wieder lesbar gemacht werden.

Es würde Milliarden Jahre dauern, so etwas zu knacken, selbst wenn alle Computer der Welt gemeinsam daran arbeiten. Aber es gibt einen Schwachpunkt.«

Salimas Herz pochte heftig. Sie wusste, was Wyoming als Nächstes sagen würde, weil nun das letzte Kapitel des Krimis begann. Sie war dem Detektiv sogar voraus, während er den Mörder entlarvte und die Einzelheiten des Verbrechens schilderte.

»Der öffentliche Schlüssel, den dein Boulangism benutzt, ist im Gerät selbst gespeichert. Er steckt in einem gesicherten Chip, den man angeblich nicht verändern kann, aber es gibt viele, viele Möglichkeiten, dies zu umgehen. Manchmal ist in dem Chip selbst ein Fehler, der es dir erlaubt, den Schlüssel zu ändern. Häufiger kann man beim Booten eingreifen, wenn der Computer im Boulangism gerade erst erfährt, was für eine Aufgabe er hat und wo er den öffentlichen Schlüssel suchen muss. Auch dies spielt sich in einem gesicherten Speicherbereich ab, aber es muss eine Möglichkeit geben, ihn zu aktualisieren, weil Programmierer Fehler machen, und wenn uns das passiert, können die bösen Jungs unsere Sachen hacken. Deshalb wollen wir die Möglichkeit haben, deinem Gerät einen neuen Code zu schicken.«

Wyoming beugte sich näher heran. »Also geht ein Boulangism-Besitzer online, überlegt sich, wie er den Schlüssel ändern kann oder wie er die Stelle ändert, wo der Computer nach dem Schlüssel sucht, und schiebt dem Gerät einen Schlüssel unter, dessen privaten Teil der Besitzer hat. Jetzt kann er jeden beliebigen Code signieren und dafür sorgen, dass der Boulangism ihn abarbeitet. Boulangism hat gute Ingenieure angeheuert, die Jahre damit verbracht haben, die Produkte abzusichern, aber sie werden binnen Stunden von Jugendlichen mit Amateurausrüstungen geschlagen. Die Programmierer waren ganz bestimmt nicht dumm, aber sie haben etwas Dummes *getan*.«

Salima lächelte. »Aber du machst nichts Dummes? Du arbeitest an anderen Sachen?«

Wyoming erwiderte das Lächeln. »Genau. Ich würde lieber Glas fressen, als so etwas Dummes zu machen. Ich arbeite an adaptivem Kochen – du weißt schon, man benutzt Sensoren, damit das Essen immer perfekt wird. Das ist sehr befriedigend und sehr köstlich. Ich habe einen Testplatz, wo ich hin und wieder tatsächlich etwas koche.«

»Das ist sicher ein schöner Nebeneffekt.«

»Ja, und es gibt auch einen Trainingsraum, was ebenfalls sehr gut ist, weil ich in zwei Wochen schon drei Pfund zugenommen habe.«

Die Bahn hielt an, und der Schaffner plärrte irgendetwas Unverständliches in die Lautsprecher. Erschrocken stellte Salima fest, dass er ihnen sagte, sie hätten die Endstation erreicht und müssten aussteigen. Sie stand auf und überlegte, wie sie auf dem Bahnsteig bleiben konnte, ohne Wyoming zu zeigen, dass sie nur im Zug ausgeharrt hatte, um Informationen abzuschöpfen.

Wyoming setzte sich achselzuckend den Rucksack auf, und Salima schlang die Tasche über die Schulter und klemmte sie sich unter den Arm. Sie stiegen aus und näherten sich dem Aufzug, der zur Straße führte. Salima hatte schon beschlossen, das Fahrgeld in den Wind zu schreiben, zur Straße hinauszugehen, einmal um den Block zu laufen und später in die Station zurückzukehren.

Am Fuß der Rolltreppe legte Wyoming ihr eine langgliedrige Hand auf den Arm und zog sie zur Seite. »Ich muss dir etwas gestehen.« Sie errötete.

»Oh?«

»Ich hätte schon acht Haltestellen früher aussteigen müssen, aber ich habe das Gespräch mit dir so genossen, dass ich einfach im Zug geblieben bin. Ich, äh, ich habe sonst kaum Gelegenheit, über meine Arbeit zu sprechen, und du bist eine gute Zuhörerin.«

Salima konnte nicht mehr an sich halten und lachte laut. »Ich hätte auch schon längst aussteigen müssen. Green Street. Aber ich fand unser Gespräch so interessant, dass ...«

Wyoming riss die Augen auf und schlug sich die Hand vor den Mund. »Das ist nicht dein Ernst ...« Sie platzte heraus, und Salima stimmte ein. Sie steckten sich gegenseitig an, bis sie keuchend den Schaffner sagen hörten, dass der Zug, den sie gerade verlassen hatten, zum Einsteigen bereit sei. So taumelten sie zu den Sitzen zurück, die sie gerade erst geräumt hatten.

Auf dem Rückweg erfuhr Salima, dass Wyoming aus Cincinnati stammte, beim MIT einige Semester Elektrotechnik und Computerwissenschaften studiert und gerade mit der Masterarbeit in angewandter Mathematik begonnen hatte, als Boulangism ihr neben einem üppigen Gehalt einen großen Einstiegsbonus und sogar Aktien der neuen Firma angeboten hatte, die der Hedgefonds gerade in Gang brachte.

Vorsichtig erzählte Salima auch ein wenig über sich selbst. Sie hatte schon sehr nette Weiße kennengelernt, die überhaupt nicht mehr nett waren, sobald sie das Wort »Flüchtling« hörten. Als sie ihre Haltestelle erreichten, hatte Wyoming ihr mehrere Mailadressen und ihre Telefonnummer gegeben und Salima angeboten, ihr zu helfen, falls ihr Boulangism »herumzickte«. Zum Abschied schüttelten sie sich die Hände, dann sah Salima Wyoming nach – Wye, sie sollte sie Wye nennen – und stellte fest, dass die Frau zurückblickte. Ein letztes Lächeln, und sie winkte zum Abschied.

Als sie mit der Rolltreppe nach oben fuhr, hatte sie einen kurzen Anfall von Paranoia. Ihre Unterhaltung war so unbeschwert, freundlich und angenehm verlaufen. Konnte das eine Falle sein? Setzte Boulangism Spione ein, die versuchten, potenzielle

Piraten in die Falle zu locken und sich mit ihnen in der Bahn anzufreunden, indem sie in Augenhöhe deutlich sichtbare Firmenausweise trugen?

Sie schüttelte den Kopf und stellte sich in der Schlange an den Drehkreuzen an. Es war absurd. Die Welt war einfach nur ein kleiner, seltsamer Ort, daran gab es keinen Zweifel.

Als sie am Abend in der Lobby wartete, traf sie drei Kinder, die in ihrer überfüllten Wohnung ihre Predigt gehört hatten, und mehrere Eltern, die im unerwartet warmen Tauwetter des Frühlings schwitzten. Sie hatten die Mäntel über die Arme gelegt, und aus den Taschen lugten Wollmützen und Halstücher hervor.

Die Kinder nannten sie »Tante«, worauf sie lächelte und sich den Erwachsenen in aller Form vorstellte. Es waren zwei Mütter und ein Großvater. Sie kannte die Gesichter, sie war den Bewohnern in den Aufzügen und auf den Korridoren begegnet, hatte aber nie einen Anlass gefunden, mit ihnen zu plaudern. Die Erwachsenen wussten offensichtlich genau, wer sie war, und begrüßten sie mit einer seltsamen Ehrerbietung, weil sie ihnen die technologische Freiheit geschenkt hatte. Sie kannte diese Art Beziehung aus den Lagern, wo es immer Bastler und Schieber gegeben hatte, die dieses und jenes erledigen konnten, besondere Lebensmittel und Schnaps organisieren, einen Telefongutschein beschaffen oder das Handy reparieren, wenn es den Geist aufgegeben hatte. Sie hätte nie gedacht, dass man sie selbst eines Tages mit ähnlichen Augen sehen würde, aber dank des neu gewonnenen Verständnisses konnte sie es leicht nachvollziehen.

Das Schwätzchen mit den Nachbarn kam ihr vor wie eine Fortsetzung des Geplauders mit Wye im Zug, ein Teil einer ausgedehnten Unterhaltung über das Thema, das jetzt ihr ganzes Leben bestimmte: die Herrschaft über die Geräte in der Umgebung übernehmen, die sonst von fernen und gesichtslosen Kräften eingesetzt wurden, um *sie* zu beherrschen. Wye hatte ihr noch einmal deutlich vor Augen geführt, wie sinnlos es war, wenn man versuchte, jemanden mit einem Apparat zu kontrollieren, den er nach Hause mitnehmen und insgeheim beliebig manipulieren konnte. Sie verstand es jetzt wirklich, und es war eine Offenbarung. Das Gefühl der Ohnmacht, weil sie von so vielen Sensoren und Geräten umgeben war, die allesamt nur dazu da waren, über ihr Leben zu bestimmen, wich einem berauschenden Triumphgefühl über die Dummköpfe, die dachten, sie könnten mit so etwas durchkommen. Was hatte Wye noch gleich gesagt? »Die Programmierer waren ganz bestimmt nicht dumm, aber sie haben etwas Dummes *getan*.«

Das neu entdeckte Selbstvertrauen sang ihr in den Ohren, als sie im Boulangism ein wenig Ziegencurry und Jolof-Reis erhitzte und sich vor den großen Bildschirm im Wohnzimmer setzte, um eine

Weile nach einem Weg zu suchen, wie man all die Geräte unter Kontrolle behalten konnte, ohne das Misstrauen der Hersteller zu erregen. Einfache Lösungen fand sie nicht, aber das spielte keine Rolle. Sie freute sich über ihr neues Fachwissen und las noch einmal die Forennachrichten, die ihr vorher unverständlich geblieben waren, ging den Quellenangaben nach und erfuhr noch mehr, und so ging es weiter und weiter …

Die Türglocke riss sie aus der Versunkenheit. Sie schaute auf und entdeckte in der Ecke des Bildschirms Abdirahim, der vor ihrer Tür stand. Es war 20.45 Uhr, für ihn beinahe schon Schlafenszeit. Sie ließ ihn herein und gab ihm einen Apfel aus der Obstschale. Er hatte immer Hunger.

»Ich habe herausgefunden, warum ein Toaster etwas anderes ist als ein Paar Schuhe«, erklärte er mit vollem Mund.

Sie lehnte sich zurück und winkte ihm fortzufahren.

»Das ist eine Copyrightgeschichte, ähnlich wie die Warnhinweise am Anfang eines Films.«

Das fand sie nicht ganz schlüssig, ließ sich aber äußerlich nichts anmerken. Wenn er sich irrte, konnten sie es gemeinsam herausfinden. Im Moment war er vor allem ein Dreizehnjähriger, der eine Menge langweilige Erläuterungen zu den Technologiegesetzen gelesen hatte, weil sie es ihm aufgetragen hatte. Deshalb hatte er es verdient, dass sie ihm respektvoll zuhörte.

»Ja, die kenne ich.«

»Vor langer Zeit, im letzten Jahrhundert, hat man es unter Strafe gestellt ...« Er schnitt eine Grimasse und rang mit dem umständlichen Satz, den er sich eingeprägt hatte. »›Eine wirksame Manipulation einer Zugangssperre vorzunehmen.‹ Wenn irgendetwas dem Copyright unterliegt, ein Film oder was auch immer, und es gibt etwas anderes, das den Zugang dazu kontrolliert, dann darfst du diese Kontrolle nicht entfernen oder sonst etwas damit tun. Nicht einmal, wenn du einen sehr guten Grund dafür hast. Sie können dich dafür fünf Jahre ins Gefängnis stecken, und du musst 500 000 Dollar Strafe bezahlen. Als Ersttäter!«

»Na schön, das klingt so, als könnte es stimmen, aber was hat das mit einem Toaster zu tun? Gibt es urheberrechtlich geschütztes Brot?«

Er schüttelte den Kopf. »An dieser Stelle habe ich es auch nicht mehr richtig verstanden. Es ist aber nicht das Brot, das dem Urheberrecht unterliegt, sondern die Software im Toaster. Das, was wir verändern, wenn wir einen Jailbreak durchführen. Wenn du einen Reset auslöst und etwas Verrücktes und Kompliziertes tust, damit die Veränderung funktioniert. Das ist dann die Ma-ni-pu-la-ti-on.« Sie konnte hören, dass er das Wort eingeübt hatte. »Und das Copyright bezieht sich auf den Code, den wir verändern. Wenn dort eine Software läuft, die durch eine Zugangssperre geschützt ist, dann darfst du den Code nicht verändern. Selbst wenn dir das Gerät gehört!«

Wieder machte ihre Einsicht einen großen Sprung, abermals fügten sich viele bislang nur halb verstandene Forumsbeiträge harmonisch in das Gesamtbild ein. Sie nickte lebhaft. »Abdirahim, ich glaube, du hast recht … das klingt absolut einleuchtend. Du hast das sehr gut gemacht, du kannst stolz auf dich sein.«

Strahlend kaute er weiter. Er hatte das Kerngehäuse erreicht und knabberte mit der Übung eines Menschen, der hungrig aufgewachsen war, jedes Stückchen Fruchtfleisch ab, das er erreichen konnte. Was für eine seltsame Welt, in der sie dieser Junge über das Urheberrecht des vergangenen Jahrhunderts aufklärte.

»Es ist schon ein Verbrechen, auch nur darüber zu reden. Deshalb findest du im normalen Internet nichts darüber. Du musst Darknettools einsetzen, um mehr zu erfahren. Jemandem zu sagen, wie er ein Gerät knacken kann, ist das Gleiche, als hättest du es selbst gehackt. Das nennt sich ›Inverkehrbringen‹. Es ist wie bei Drogen, und die Strafen sind genauso hoch, fünf Jahre Gefängnis für einen Ersttäter.«

Es drehte ihr den Magen um. Wie viele Menschen hatte sie gelehrt, die Jailbreaks durchzuführen? Wie viele fünfjährige Gefängnisstrafen hatte sie aufgehäuft? Sie vermisste die alte Unwissenheit, in der sie vor wenigen Stunden gelebt hatte.

Nichts von alledem hatte sie gewusst, und die Foren waren ein großes Geheimnis gewesen. Binnen weniger Minuten war sie vom Verstehen zu nackter Angst gelangt.

»Wie heißt dieses Gesetz?«

Abdirahim sah im Handy nach. »Es ist Paragraf 1201 des Digital Millennium Copyright Act von 1998.«

Sie machte sich eine Notiz. »Danke, Abdirahim. Ich muss jetzt erst einmal etwas nachlesen.«

Auf dem Weg zur Tür drückte sie ihm noch einen Apfel in die Hand. Sich selbst machte sie eine Tasse Kaffee. Es war das übliche Gebräu, und sie wünschte, sie könnte zu Nadifa hinaufgehen und sich einen Pott starken äthiopischen Kaffee mit ordentlichem Bodensatz in winzigen Tassen zu Gemüte führen. Dann las sie das Gesetz.

Salima war froh, dass Nadifa am folgenden Abend herunterkam. Tagsüber hatte sie in einem kleinen Sandwich-Imbiss die Buchhaltung durchgesehen und sich immer wieder aus der ewig kreisenden Mühle ihrer Gedanken reißen müssen, nachdem sie die Nachbarn in eine so große Gefahr gebracht hatte.

Nadifa brachte eine Flasche Retsina und einen Teller mit kleinen, mit Kaymak gefüllten Baklava-Happen mit, von denen Honig troff. Salimas Erinnerungen an diese Süßigkeit reichten bis in die früheste Kindheit zurück. Wonnige Eindrücke aus einer Zeit, als sie noch ein ganz kleines Mädchen oder sogar ein Baby gewesen war, das die erste feste Nahrung zu sich nahm. In den Jahren in den Lagern hatte sie den Geschmack vergessen, und als sie ihn in Boston wiederentdeckt hatte, war es wie eine Offenbarung gewesen. Ein Schock, der ihr die Tränen in die Augen trieb und sie an die Eltern denken ließ, die sie vor so langer Zeit verloren hatte. Es war so leicht, die alte Normalität für eine neue zur Seite zu schieben.

So leicht, die Erinnerungen an die alte Normalität völlig zu überdecken. Diese Fähigkeit hatte ihr gute Dienste geleistet, doch als sie zum ersten Mal wieder in die Süßigkeit biss und den Honig schmeckte, wurde ihr bewusst, wie viel es sie gekostet hatte.

Nadifa erfasste es, und sie verstand auch, wie gern Salima die kleinen Kuchen aß. Ihr war klar, wie es sich anfühlte, wenn man sich wieder für die verdrängten Phasen der Vergangenheit öffnete, die einen zu dem machten, der man war. Es war eine Gemeinsamkeit, die die beiden Frauen miteinander verband.

»Wir haben uns so lange nicht gesehen. Erzähl doch, wie geht es Abdirahim?«

Sie spülte den Honig mit einem Schluck Wein hinunter, und der herbe und der süße Geschmack vermischten sich. »Er ist so ein kluger Junge.«

»Ich weiß. Viel zu klug. So war er schon immer, seit er ganz klein war. Ständig fragt er nach dem Warum und ist nie damit zufrieden, wenn ich antworte: Weil ich es dir sage.«

»Das ist ein Anzeichen für einen guten Charakter. Ich war früher so wie er.«

»Früher?«, schnaubte Nadifa. »Salima, du hast die letzten sechs Monate damit verbracht, unsere Wohnungen umzuprogrammieren. Du bist immer noch so, meine Liebe.«

Sie schüttelte den Kopf. »Ich glaube, ich habe einen Fehler gemacht.«

»Ja, ich weiß. Das hat mir Abdirahim schon erzählt. Er glaubt, du hast Angst.«

»Das habe ich ihm nie gesagt.«

»Ja. Er ist ein kluger Junge, weißt du?«

»Ich habe tatsächlich Angst.« Sie tippte auf den Bildschirm und zeigte Nadifa, was ihre Nachforschungen ergeben hatten. »Vor zwei Wochen hat Boulangism den Betrieb wieder aufgenommen. Seit heute ist auch Disher wieder aktiv.« Sie tippte abermals auf den Bildschirm. »Schau dir das an: Compliance Assurance LLC, eine neue Firma. Sie haben 28 Millionen gesammelt, um ein Produkt zu entwickeln, das gehackte Geräte entdecken kann. Und das sind nur die Nachrichten von heute.«

Nadifa nickte und sah sie nachdenklich an. »Ich kann nicht behaupten, all das zu verstehen, aber einiges weiß ich doch. Genug, um zu begreifen, dass du Angst hast. Die Frage ist, was du jetzt tun willst.«

Salima starrte ihren Bildschirm an. Sie wich Nadifas Blick aus. »Ich habe mich bemüht, eine Lösung zu finden. Es gibt so viele Menschen, die in der gleichen Situation sind wie wir. Sie haben alles geknackt, nachdem die Firmen insolvent geworden waren, und wissen nicht, was sie jetzt tun sollen. Ich könnte den Kindern sagen, sie sollen zu den Nachbarn gehen und alles wieder in den vorherigen Zustand versetzen.«

Noch einmal schnaubte Nadifa. »Nein, das kannst du nicht.«

»Ich könnte es ihnen sagen, aber sie werden es vielleicht nicht tun.«

»Sie würden es bestimmt nicht tun. Sie sind Kinder. Wenn sie die Gefahren erkennen könnten, würden sie sich nicht an Aufständen beteiligen und auf den Straßen marschieren, und dann wäre die Welt ein einfacherer Ort. Natürlich nicht besser, aber einfacher.«

»Dann suche ich lieber weiter nach einer Lösung. Die Leute von Compliance Assurance LLC haben es jedenfalls auf uns abgesehen.«

Nadifa klopfte ihr auf die Schulter. »Du wirst schon etwas finden.«

Eine Stunde später fand sie etwas, und es sah nicht gut aus.

»Hallo?«

»Wye, bist du es?«

»Ja.« Es klang müde, obwohl es erst 21.00 Uhr war. Angeblich waren die Techniker doch alle Nachteulen. »Wer ist denn da?«

»Salima. Wir sind uns in der U-Bahn begegnet.«

»Oh, äh, hallo. Entschuldige. Ich habe einen anstrengenden Tag hinter mir und bin gerade auf dem Sofa eingenickt. Was gibt es?«

Salima war klar, dass sie gekniffen hätte, wenn sie versucht hätte, den Anruf vernünftig zu planen. Sie öffnete den Mund, aber es kam nichts heraus.

»Salima?«

»Es … es ist eine Art Notfall.«

»Geht es dir nicht gut?« Wye kam langsam zu sich und machte sich anscheinend Sorgen.

»Mir geht es gut, aber …« Sie unterbrach sich. »Können wir uns irgendwo treffen? Ich könnte zu dir kommen. Oder in einem Café?«

Es gab eine Pause. Eine lange Pause. Dann: »Ja, na gut. Ich schicke dir eine SMS mit dem Treffpunkt, ja?«

»Okay. Ich sage dir Bescheid, wenn ich aus der Bahn steige.«

»Wunderbar. Es ist gleich hier um die Ecke.«

Salima glaubte nicht, dass die Agenten von Boulangism und Disher tatsächlich ihre Telefonate abhörten, aber sie hielt es instinktiv für angebracht, bei dem Gespräch so wenig Technologie in der Nähe zu haben, wie es nur möglich war. In der U-Bahn zappelte sie unruhig herum und schickte die SMS von der Rolltreppe aus ab.

Der Imbiss lief vollautomatisch, was bedeutete, dass keine Menschen in der Nähe waren, die sie belauschen konnten. Andererseits gab es überall Kameras und Mikrofone. Sie schnitt eine Grimasse und versuchte, nicht zu sehr zu starren, während sie auf Wye wartete.

Die junge Frau trug eine Jeansjacke über einem verblichenen T-Shirt, auf dem ein vermenschlichter Baseball mit Armen und Beinen und einem großen C abgebildet war. Salima dachte, es müsste mit Cincinnati zu tun haben. Sie selbst hatte keine T-Shirts mit Logos aus der früheren Heimat mitgebracht. Gab es überhaupt ein libysches Baseballteam? Die Bengasi Bengal Tigers?

»Hallo.« Mit geübten Bewegungen tippte Wye auf dem Tisch eine Bestellung ein. Das Förderband, das hinter den Nischen entlanglief, erwachte zum Leben und nahm bebend die Arbeit auf.

»Danke, dass du gekommen bist.«

Schon erreichte die Warmhaltebox auf dem Förderband ihren Tisch und klappte den Deckel weit auf. Wye nahm eine Tasse Tee und eine Packung Kekse auf einem Teller aus gepresster Maisstärke heraus. »Klar doch. Willst du nichts bestellen? Die gegrillten Sandwichs sind köstlich, falls du Hunger hast. Sie haben auch wirklich guten Boba.« Sah so die Ernährung der Studenten am MIT aus?

»Danke«, antwortete Salima. Sie überflog die Speisekarte und entschied sich für Selleriesprudel. Es klang übel, entsprach aber genau dem Mindestverzehr, der unten auf der Speisekarte pro Person gefordert wurde. Die Warmhaltebox schloss sich, und das Förderband setzte sich wieder in Bewegung. »Noch einmal danke, dass du gekommen bist. Das meine ich ernst.«

»Wie gesagt, das ist kein Problem. Normalerweise wäre ich um diese Zeit hellwach, aber die Arbeit hat in der letzten Zeit meinen Schlafrhythmus durcheinandergebracht, und gestern Abend war es wirklich schlimm. Ich freue mich aber wirklich, dass du dich gemeldet hast.« Sie lächelte. Es war ein hübsches Lächeln, schöne weiße Zähne und ein schief sitzendes Grübchen. Sie war so jung, auch wenn sie ein Jahr älter war als Salima.

»Ich habe dich angerufen, weil ich nicht wusste, mit wem ich reden sollte. Ich ...« Sie holte tief Luft. »Ich habe meinen Nachbarn geholfen, ihre Sachen zu hacken.«

»Ihre Sachen?«

»Alles. Disher, Boulangism, Thermostate, Kühlschränke, Fernseher, Telefone. Alles.« Sie nahm sich zusammen. »Aber nicht die Aufzüge.«

Wye lachte. Ja, sie lachte! »Die Aufzüge?«

»Ich wohne auf einem Sozialwohnungsstockwerk mit niedriger Miete. Die Aufzüge halten nur, wenn kein Vollzahler davor wartet oder gerade in der Kabine ist. Manchmal muss man sehr lange warten.«

Jetzt lächelte Wye nicht mehr. »Und deshalb musstest du alle Geräte hacken?«

»Sie gehören zu den Wohnungen. Wir dürfen sie nicht anrühren, sie sind Teil des Mietvertrags. Sie könnten uns hinauswerfen. Ich meine uns alle.«

Wye starrte Salima mit weit aufgerissenen Augen an, öffnete die Schachtel, aß einen Keks und ließ Salima keine Sekunde aus den Augen. »Das ist beschissen.«

Jetzt war es an Salima zu lächeln. »Das denken wir auch.«

»Und jetzt? Willst du alles wieder zurücksetzen, damit ihr nicht erwischt werdet?«

»Wir wollen ganz bestimmt nicht erwischt werden.«

»Oh. *Oh!* Ihr wollt damit weitermachen. Also, ich weiß, dass es da draußen ein paar Ideen gibt, die funktionieren.«

»Ich habe mich schon umgesehen. Es gibt viele Ratschläge, die sich aber gegenseitig widersprechen. Ich kann nicht erkennen, was funktioniert.«

»Ja, das klingt sehr nach Ratschlägen von Technikern im Internet.« Sie schlürfte den Tee. Salima probierte den Selleriesprudel und war schon bereit, ihn heimlich durch den Strohhalm zurückzuspucken, doch er schmeckte gar nicht so übel. Wye blickte ins Leere und sagte schließlich: »Warte mal.« Sie holte einen Bildschirm aus der Tasche und arbeitete eine Weile damit, zeigte ihm die Netzhäute und tippte weiter. »Ich glaube, ich habe eine Idee.«

»Willst du uns wirklich helfen?«

Wye grinste breit. »Warum sollte ich euch nicht helfen?«

»Du könntest deinen Job verlieren.«

Wye zuckte mit den Achseln. »Ich will sowieso nicht lange dort bleiben, das ist mir inzwischen klar. Es gibt genug andere Jobs.«

Salima war noch nie im Leben gefeuert worden. Sie konnte es sich nicht einmal vorstellen. Wenn es auf der Arbeit schwierig wurde, legte sie sich besonders ins Zeug. Sie war Wye dankbar, weil diese für sie ihren Job riskierte, aber irgendwie wand sich auch die Schlange der Missbilligung, weil Wye so nachlässig mit ihrer Karriere umging, durch ihr Bewusstsein. Begriff die Frau überhaupt, welches Glück sie hatte? Vielleicht wäre sie nicht mehr so leicht bereit zu helfen, wenn sie es wüsste. Äußerlich ließ Salima sich nichts anmerken.

»Was ist, wenn du verhaftet wirst? Dir drohen fünf Jahre Gefängnis für einen Jailbreak.«

»Nur wenn man es kommerziell macht. Wenn ich nichts dafür nehme, können sie mich nur verklagen. Aber ich verwische meine Spuren. Wie auch immer, ich habe eine Idee. Weißt du, was eine virtuelle Maschine ist?«

Salima wusste es nicht. Doch wenn sie Nein sagte, würde Wye ihr etwas erklären, und dann würde Wye etwas tun, um ihr zu helfen. Hatte sie nicht genau darauf gehofft? Nein, so konnte es nicht weitergehen.

»Hör bitte auf«, unterbrach Salima. »Es war ein Fehler. Ich kann dich nicht bitten, dich für uns in Gefahr zu bringen. Es ist …« Sie blinzelte, weil ihr Tränen in den Augen standen. »Die Kinder in meinem Haus. Ich habe ihnen gezeigt, was ich gemacht habe, und sie haben es aufgegriffen. Jetzt werden sie und ihre Familien vielleicht bestraft, weil ich nicht vorsichtig genug war und mit dem, was ich getan habe, andere Menschen in Gefahr gebracht habe. Das ist eine schlimme Situation. Es wird nicht reichen, wenn du deine Spuren verwischst. Jeder, der jemals in Schwierigkeiten geraten ist, hat gedacht, er hätte seine Spuren verwischt. Ich dachte selbst, ich hätte es getan. Es tut mir leid, Wye. Ich hätte dich nicht anrufen sollen.«

Sie nahm die Jacke und wollte aufstehen. Wye legte ihr jedoch die Hand auf den Arm, drückte und hielt sie fest. »Geh bitte nicht, Salima. Ich kann tatsächlich meine Spuren verwischen. Es ist gar nicht so schwer. Und ich kann dir zumindest helfen, alles wieder zurückzusetzen, damit du keinen Ärger bekommst. Hör mal, ich bin eine erwachsene Frau und kann selbst entscheiden, welches Risiko ich eingehe.«

Die Tränen wollten jeden Moment hervorbrechen. Salima zog energisch den Arm weg. »Danke, Wyoming. Ich rufe dich an, wenn wir alles geregelt haben, und dann können wir zur Feier des Tages etwas trinken, ja?«

Sie ließ der Frau keine Zeit zum Antworten. Die Tränen schossen heraus, als sie auf die Straße trat. Sie wünschte, sie hätte sich unterwegs ein paar Servietten geschnappt. Sie weinte nicht. Niemals. Jedenfalls nicht mehr, seit ihre Eltern gestorben waren. Warum weinte sie jetzt?

Sie war schon fast eingeschlafen, als ihr die Antwort auf ihre eigene Frage einfiel. Sie weinte, weil sie etwas zu verlieren hatte. Zum ersten Mal, seit ihre Eltern gestorben waren. Es war eine grässliche Einsicht, als wäre ihr ganzes Glück auf einen schrecklichen Irrtum gebaut. Alles, was sie erreicht hatte, war etwas, das sie wieder verlieren konnte.

Hätte sie nur für sich allein gelebt, dann hätte sie jetzt nichts zu verlieren. Hätte sie keine Freunde gefunden, dann hätte sie niemanden, den sie mit ihrer wissenstrunkenen Unbesonnenheit in Gefahr bringen konnte. Hätte sie sich nicht in der Bewunderung der Kinder gesonnt, dann hätten sie sich selbst und ihre Eltern nicht in Gefahr gebracht.

Sie war überhaupt nicht mehr müde. Sie kehrte an den Bildschirm zurück, tauchte ins Darknet ein und besorgte sich Anleitungen, wie man alles wieder in den Urzustand zurückversetzte. Sie übte es in der Küche, bis sie sicher war, dass sie es im Schlaf beherrschte. Als sie so weit war, beschloss ihr aufgeregtes Gehirn endlich, sie schlafen zu lassen. Allerdings ging inzwischen schon die Sonne auf. Sie stellte den Wecker eine Stunde später, und als er anschlug, machte sie sich vier Kapseln vertrockneten, fast ungenießbaren Kaffee, die sie hinten in einer Schublade gefunden hatte, und trank ihn als Buße. Die saure, scharfe Flüssigkeit verbrannte ihr die Zunge und brodelte im Bauch, während sie zum ersten Job des Tages unterwegs war.

Als sie am Abend zurückkehrte, drängten sich wie üblich eine Menge Kinder und Erwachsene in der Lobby. Sie riefen sie, doch sie schob sich an ihnen vorbei und stieg die Treppe empor. Der Schlafmangel machte ihr die Beine schwer, Schweiß lief ihr über den Hals und den Rücken, über das Gesicht und in die Augen. Die Erschöpfung war wie eine tote Last auf den Schultern. Endlich taumelte sie in die Wohnung, ließ sich auf das Sofa fallen und schloss ein paar Augenblicke lang die Augen. Aus den Augenblicken wurde eine Stunde Tiefschlaf, bis sie schuldbewusst auffuhr. Sie hatte viel zu tun.

Sie ging zu Nadifa hinauf. Nach den 34 Stockwerken, die sie auf dem Nachhauseweg hochgestiegen war, hätten die nächsten sechs kein Problem mehr darstellen sollen, aber Beine und Po brannten vor Erschöpfung, und sie musste sich am Geländer hinaufziehen. Da wurde ihr bewusst, dass sie vergessen hatte, zu Abend zu essen, und im nächsten Augenblick bemerkte sie, dass sie sich nicht erinnern konnte, ob sie zu Mittag gegessen hatte. Es war lange her, dass sie das letzte Mal so wenig geschlafen hatte. Sie war nicht mehr in Übung.

Nadifa sah sie kurz an, ließ sie herein und versorgte sie mit einem Pfefferminztee und kleinen Keksen. Sie hätte schwören können, dass sie darauf keinen Appetit hatte, konnte dann aber gar nicht aufhören zu essen. Abdirahim tat so, als erledigte er die Hausaufgaben. Salima sah, dass er sich vor Neugierde kaum beherrschen konnte und lauschte. Nach der zweiten Tasse Tee bat sie ihn, zu ihnen zu kommen. Er drehte sich vom Bildschirm weg und fuhr den Stuhl hoch, bis er am Tisch sitzen konnte.

»Abdirahim, ich habe eine Entscheidung getroffen, die dir nicht gefallen wird.«

Er hatte ein gutes Pokergesicht. Kinder, die in den Lagern aufwuchsen, lernten schnell, genau zu steuern, welche Informationen sie den Menschen in der Nähe preisgaben. Allerdings konnte sie erkennen, dass er wusste, was kommen würde. Es gefiel ihm tatsächlich nicht.

»Als ich mit den Jailbreaks begonnen habe, wusste ich nicht, was ich tat. Ich wusste nichts über die Gefahren. Jetzt weiß ich es, weil du nachgeforscht hast und weil ich selbst einiges gelesen habe. Abdirahim, das Risiko ist einfach zu groß. Wir können nicht genau sagen, was die Firmen tun werden, um uns zu schnappen, und wenn sie es tun, könnten wir alles verlieren. Selbst wenn es uns gelingt, die Firmen zu täuschen, bemerkt das Gebäudemanagement, dass es seinen Anteil der Einnahmen nicht bekommt, obwohl die Firmen jetzt wieder aktiv sind. Die Leute, denen deine Freunde geholfen haben, wussten nicht, was ihnen blühen konnte. Keiner von uns wusste es. Jetzt wissen wir es, und wir sind verpflichtet, ihnen zu helfen.«

Seine Pokermiene geriet aus dem Gleichgewicht, die Unterlippe zitterte. Die Knöchel der Hand, mit der er die Tischkante gepackt hatte, liefen weiß an. Nadifa warf ihm einen warnenden Blick zu. Es brach Salima das Herz. Nach allem, was er durchgemacht hatte, sah er nun eine Möglichkeit, die Welt zu meistern, über die er bisher nicht die geringste Kontrolle besessen hatte, und das wollte sie ihm jetzt wieder wegnehmen. Sie hätte weinen können, und sie staunte über seine Selbstbeherrschung. Sie legte Nadifa eine Hand auf den Arm.

»Abdirahim, es tut mir leid. Ich verstehe, dass du wütend bist. Es ist nicht richtig, aber es ist notwendig. Das ist eine sehr schwierige Situation.« Sie holte tief Luft. »Ohne dich schaffe ich das nicht. Ich versuche jetzt nicht, dir ein gutes Gefühl zu geben. Du bist derjenige, der es den anderen Kindern gezeigt hat, und nur sie wissen, welche Wohnungen sie aufgesucht und was sie dort getan haben. Ohne deine Hilfe bekäme ich die anderen Kinder nicht einmal dazu, mir zuzuhören. Abdirahim, willst du mir helfen?«

Sie erkannte, dass Nadifa ihn zwingen wollte einzuwilligen, und drückte Nadifas Arm sanft, aber energisch. *Lass es ihn selbst entscheiden.*

Eine lange, lange Zeit starrte er nur seine Hände an. Sein Atem war unruhig. Sie fragte sich, ob er doch noch weinen würde. Aber dann hob er den Kopf und blinzelte mit feuchten Augen. »Ich helfe dir, Tante.«

Er hatte es sich gründlich überlegt und war zu dem richtigen Schluss gekommen – aber nicht, weil es ihm ein Erwachsener gesagt hatte, und nicht, weil seine Mutter eine Weigerung nicht geduldet hätte.

»Ich wusste, dass du es tun würdest, Abdirahim.« Sie drückte noch einmal Nadifas Arm. »Du kannst sehr stolz auf deinen Sohn sein.«

»Das bin ich«, antwortete die Mutter und tätschelte ihm den Kopf. Sie wusste, wie viel Überwindung es ihn gekostet hatte.

Auf einmal war Salima unendlich müde. Sie war schon vorher müde gewesen, aber jetzt erreichte die Müdigkeit einen ungeahnten Höhepunkt. Oder vielleicht auch einen Tiefpunkt. Unwillkürlich fielen ihr die Augen zu. Mühsam öffnete sie sie wieder. Nadifa sah sie besorgt an.

»Wir bringen dich nach unten.«

Sie stützten sie auf beiden Seiten mit den Schultern – Abdirahim war schon fast so groß wie seine

Mutter – und schleppten sie wie eine Betrunkene zu den Aufzügen, wo sie auf den Rufknopf drückten. Eine nicht messbare Zeit verging. Es schien eine Stunde zu dauern, bis der Aufzug kam und die Tür seufzend aufging. Drinnen roch es nach dem teuren Parfüm eines Menschen aus dem Paralleluniversum auf den Stockwerken der Vollzahler, der gerade nach oben gefahren und den Aufzug verlassen hatte, damit die Kabine widerwillig jemanden wie sie befördern konnte.

Nadifa schickte Abdirahim sofort wieder nach oben, sobald sie in Salimas Wohnung waren, und half der Freundin, ein Nachthemd anzuziehen, stellte das Sofa auf die Bettkonfiguration um, fuhr den Tisch herunter und klappte die Verlängerungen ein, damit er als Nachttisch diente. Dann holte sie die Decke und packte Salima ein. Halb benommen tauchte Salima in lange verschüttete Erinnerungen ein. Es war eine Ewigkeit her, seit die Mutter sie ins Bettchen gebracht hatte. So süß war die Erinnerung und ganz ohne den Kummer, der sonst mit den Gedanken an ihre Mutter einherging. Sie schlief mit einem Lächeln ein, das Stunden später, als sie aufstand, um zu pinkeln, sich die Zähne zu putzen und den üblen Geschmack im Mund zu vertreiben, immer noch ihre Lippen umspielte. Dann fiel sie wieder ins Bett.

Ein Ziel ist ein wunderbares Heilmittel gegen die Angst. Da Salima jetzt wusste, was sie zu tun hatte, wich das hilflose Grübeln einer unerschöpflichen Energie. Nach einem zeitigen Frühstück rief sie Nadifa an und vergewisserte sich, dass Abdirahim wach war. Sie nahm immer zwei Stufen auf einmal und zeigte ihm, wie er alle Geräte in ihrer Wohnung auf die Werkseinstellungen zurücksetzen konnte. Wie sie es selbst in ihrer eigenen Wohnung getan hatte, ließ sie auch ihn alles zweimal machen, um sicher zu sein, dass er es verstanden hatte. Dann ließ sie ihn die Prozedur aus dem Gedächtnis aufschreiben. Er lernte schnell, und sie hatte nichts anderes erwartet.

»Jetzt musst du den anderen Bescheid sagen. Kannst du die Kinder heute Abend wieder in meine Wohnung holen? Nach der Schule und vor dem Abendessen? Sagen wir, um sechs?«

Er war nicht glücklich damit. »Sie sind bestimmt sauer.«

»Ich weiß. Es gefällt mir selbst nicht. Es ist, als müssten wir aufgeben. Aber aufzugeben ist klüger, als dich auf einen Kampf einzulassen, den du nicht gewinnen kannst. Das ist eine der wichtigsten Lektionen überhaupt.«

Nadifa nickte. »Es gibt viel schwierigere Arten, diese Lektion zu lernen.« Sie blickte in die Ferne.

Abdirahim war ein Häuflein Elend.

»Ich weiß, wie schwer das ist«, fuhr Salima fort. »Du warst ein Held, als du es deinen Freunden erklärt hast, und jetzt bist du der ängstliche Junge, der sie antreibt, alles wieder zurückzunehmen. Ich nehme alles auf mich. Ich erkläre es ihnen. Aber hole sie in meine Wohnung, ja?«

Die durchgeschlafene Nacht hatte ihr wirklich gutgetan. An diesem Tag lief alles wie geschmiert. In den Büchern der Reinigung entdeckte sie ein paar kleine, aber häufig wiederkehrende Fehler, die erklärten, warum der Gewinn ständig sank. Der Inhaber gestand ihr, er sei schon kurz davor gewesen, seine einzige Angestellte zu feuern, weil er sie für eine Diebin hielt, und war so erleichtert, dass er Salima umarmte. Auf der Hinfahrt und der Rückfahrt konnte sie in der U-Bahn einen Sitzplatz ergattern. Der Frühling hörte endlich auf, zwischen Tiefkühltruhe und Sauna zu oszillieren, und beschränkte sich erfreulicherweise auf einen sonnigen, leicht windigen Mittelwert. Die Schäfchenwolken trieben vorbei wie auf einem Bildschirmschoner, und die frischen Knospen der Bäume schienen über Nacht aufzuplatzen.

Dieses Mal kaufte sie für das abendliche Treffen einen viel größeren Vorrat an Knabbereien ein, weil sie sich erinnerte, wie schnell die Kinder beim letzten Mal alles verdrückt hatten. Das Brot musste sie jetzt wieder im Boulangism-Gang des Supermarkts an der Ecke kaufen. In den Nachbarregalen fand sie Kaffeekapseln und Geschirrspülmittel.

Das schlug ihr aufs Gemüt. Den letzten Block bis zu ihrer Wohnung schlurfte sie nur noch. Sie dachte an das erste Treffen mit Wye und deren Entsetzen bei dem Gedanken, irgendjemand könne einen Boulangism wirklich benutzen. Salima verdiente jetzt ganz gut und konnte sogar jeden Monat etwas sparen. In den Monaten, in denen sie ohne Beschränkungen alle Lebensmittel gekauft hatte, die sie haben wollte, war das Guthaben noch schneller gewachsen. Es gab andere Wohnungen außer den Dorchester Towers. Wohnungen, in denen sie die Geräte selbst aussuchen konnte. Sie waren teurer. Viele Mietverträge enthielten kleingedruckte Klauseln, die es den Mietern untersagten, die Geräte zu wechseln, mit denen der Vermieter Einnahmen erzielte. Doch es gab freie Wohnungen. Mit einem oder zwei Mitbewohnern konnte sie sich so etwas leisten.

Aber die Dorchester Towers waren nicht nur der Ort, wo sie lebte. Es war eine kleine Gemeinde, eine Umgebung, in die sie sich einfügte. Sie hatte hier Freunde und Menschen wie Nadifa und die

Kinder, die sie »Tante« nannten, und die sie fast wie Familienangehörige empfand. Menschen, die wussten, was sie durchgemacht hatte. Kaum vorstellbar, in einem Haus voller Wyes zu leben – bei Mädchen, die so jung zu sein schienen. Zwischen deren Lebenserfahrung und ihrer eigenen klaffte ein unüberbrückbarer Abgrund.

Die Kinder in der Lobby fragten sie aufgeregt nach dem Treffen am Abend. Da verstand sie, dass Abdirahim ihnen noch nicht gesagt hatte, worum es ging. Sie konnte ihm keinen Vorwurf machen.

Schließlich kamen sie, drängten sich herein und aßen alle Snacks auf. Wahrscheinlich gab es auf der ganzen Welt nicht genug Snacks, um diese kleinen Bäuche zu füllen.

»Was ich euch jetzt sagen muss, wird nicht leicht für euch.« Das Tuscheln und das Grinsen und Zappeln hörte sofort auf. Aller Augen ruhten auf ihr. Der perfekte Tag war vorbei.

»Seit unserem letzten Treffen habe ich einiges erfahren. Wichtige Dinge.« Sie erzählte ihnen von dem Gesetz, von den Gefängnisstrafen und den neuen Firmen, die sich aus den Trümmern der alten gebildet hatten. Von den Teams, die angeheuert wurden, um Betrüger wie sie aufzuspüren. Welches Risiko damit für sie und ihre Familien verbunden war. Die Kündigung und noch Schlimmeres. Sie sah, wie die kleinen Gesichter immer ernster wurden.

Das kluge pummelige Mädchen, das sich beim letzten Mal gemeldet hatte, war auch dieses Mal die Erste, die etwas sagte, sobald Salima fertig war.

»Wie können wir das in Ordnung bringen?«

Es war ein schrecklicher Moment. Die besorgten Mienen hellten sich auf, und alle richteten die Aufmerksamkeit auf sie. Die Kinder waren klug genug, um die drohende Gefahr zu erkennen, aber nicht klug genug, um zu verstehen, dass Salima nichts tun konnte, um sie abzuwenden.

»Wir können das Problem nicht lösen. Wir müssen alles wieder so einstellen, wie es vorher war. Alles rückgängig machen. Alles wieder auf die Werkseinstellungen zurücksetzen.« Ehe jemand anders etwas sagen konnte, fügte sie hinzu: »Es ist vorbei.«

Die Gesichter der Kinder sagten alles. Schock, Unglauben, dann Trotz. Murmeln. Das Wort *nein*, erst leise, dann lauter, immer mehr stimmten ein.

»Ja!«, rief sie und hob die Hände. »Es tut mir leid. Es tut mir unendlich leid, aber *ja*, wir müssen es tun. Es war ein Fehler.« Sie hob die Hände noch höher. Es wurde noch lauter. »Das ist mein Ernst. Wir finden etwas anderes. Ihr könnt mir helfen. Aber zuerst müssen wir es tun.«

Einige Kinder gingen schon. Abdirahim schüttelte den Kopf.

»Es muss einfach sein.« Noch mehr Kinder gingen weg.

»Bitte.«

Abdirahim war der Letzte.

»Es tut mir leid«, sagte er, dann ging auch er hinaus.

NATÜRLICH WOLLTE SIE NICHT AUFGEBEN. Sie begann bei den Leuten, denen sie selbst geholfen hatte, und arbeitete sich von den oberen Stockwerken nach unten vor. Jeden Abend schaffte sie zwei oder drei Wohnungen. Manchmal kam Abdirahim mit und half ihr, doch er zeigte wenig Begeisterung für die Arbeit und machte Fehler, die sie mehr Zeit kosteten, als seine Hilfe ersparte. Für Absicht hielt sie es nicht, aber ein Zufall war es wohl auch nicht.

Oft war sie in Versuchung, Wye eine SMS zu schicken und sich mit ihr zu treffen, um Informationen über Boulangism zu bekommen und herauszufinden, wie viel Zeit ihr noch blieb, ehe die Kontrollen begannen. Ihrer Ansicht nach rechneten die Besitzer des Gebäudes wohl nicht unmittelbar mit den vollen Einnahmen, sobald die Toaster wieder liefen. Es dauerte eine Weile, bis die Bewohner bemerkten, dass die Geräte wieder arbeiteten und sie auf den Behelf verzichten konnten, mit dem sie während des Ausfalls vorliebgenommen hatten. Wenn sie nicht alles zurücksetzte, kam früher oder später aber sicherlich der Zeitpunkt, an dem offenkundig wurde, dass jemand die Geräte manipuliert hatte.

Während der Arbeit in den Wohnungen der Nachbarn sah sie deren Kinder. Sie hatten ihr beim Jailbreak zugeschaut und das Gleiche für die Nachbarn getan. Die Kinder waren einfach weggegangen, als sie ihnen gesagt hatte, sie müssten alles wieder in den Ursprungszustand versetzen. Nun sahen diese Kinder aus den Augenwinkeln zu und taten so, als kümmerten sie sich nur um die Hausaufgaben. Salima schilderte den Eltern laut und dramatisch ausgeschmückt, was ihnen passieren konnte, wenn sie erwischt wurden.

Sie brauchte fünf Abende und das ganze Wochenende, um die Apartments aufzusuchen, in denen sie die Geräte selbst gehackt hatte. Am Montagabend kam sie von der Arbeit nach Hause, bereitete sich in der Mikrowelle ein grässliches Schnellgericht zu und ging zum obersten Sozialwohnungsstockwerk, das sich sieben Stockwerke über ihrem befand. Sie wartete eine Weile auf den Aufzug, gestand sich dann aber ein, dass sie es nur tat, weil sie wusste, dass gerade viel Betrieb war. So konnte sie eine halbe oder gar eine Dreiviertelstunde mit Warten verbringen und das hinausschieben, was sie als Nächstes tun musste.

Schließlich stieg sie die Treppe hinauf, schlug die Nummer in dem kleinen Notizbuch nach, in dem sie mit ihrer ordentlichen Buchhalterhandschrift alles festgehalten hatte, und klopfte an die erste Tür neben dem Treppenhaus.

Die Frau, die ihr öffnete, kam ihr bekannt vor. Sie war einmal oder zweimal mit ihr im Aufzug gefahren und stammte anscheinend aus El Salvador oder Honduras. »Ja?« Sie war ein wenig älter als Salima.

»Hallo.« Sie hatte die Ansprache geprobt, aber ihr Mund war trocken, und die Worte wollten nicht heraus. »Hallo, ich wohne auch hier im Haus, und …« Das war falsch. »Haben Ihnen ein paar Kinder aus dem Gebäude mit den Küchengeräten oder dem Thermostat geholfen?«

Die Frau war misstrauisch. So sollte es nicht laufen. »Ich glaube nicht.«

Salimas Wangen und Ohrläppchen wurden heiß. »Es tut mir wirklich leid, dass ich Sie belästigen muss. Aber vor einiger Zeit haben die Toaster aufgehört zu funktionieren. Ich habe herausgefunden, wie ich meinen wieder zum Laufen bringe. Dann habe ich es einigen Kindern gezeigt, und sie sind durch das Haus gelaufen und haben bei den Mitbewohnern das Gleiche gemacht. Jetzt habe ich herausgefunden, dass die Hersteller überprüfen können, wer die Geräte verändert hat, und sie wollen uns dafür zur Rechenschaft ziehen. Auch die Vermieter, denn sie erhalten einen Anteil von dem Geld, das wir ausgeben. Ich will nun alles wieder zurücksetzen, ehe Sie Schwierigkeiten bekommen. Ehe wir alle Schwierigkeiten bekommen.«

Sie gab sich Mühe und setzte ihr allerbestes Lächeln auf.

Die Frau schüttelte den Kopf. »Hier waren keine Kinder.«

Salima war sicher, dass die Frau log – die hastige Antwort, die Art und Weise, wie sie sich dabei umsah. »Hören Sie, wenn Sie das nicht tun, wird man Sie erwischen. Sie könnten die Wohnung verlieren. Noch schlimmer, die Firmen können das Kind, das es gemacht hat, ins Gefängnis stecken.« Nach allem, was Wye ihr gesagt hatte, entsprach das nicht ganz der Wahrheit, aber es war immerhin nahe daran. Auf jeden Fall war sie sicher, dass auch die Kinder Ärger bekommen konnten, genau wie sie selbst. »Bitte.«

»Ich sagte doch schon, hier waren keine Kinder.«

»Darf ich es mir denn mal ansehen?« Die Frau war jetzt sichtlich verärgert. »Ich meine, vielleicht haben Sie es vergessen. Darf ich mal nachsehen, nur um ganz sicher zu sein?«

»Ich muss jetzt weg.« Mit einem Klicken fiel die Tür zu, ehe Salima noch etwas sagen konnte. Sie wusste, dass die Kamera sie erfasste, deshalb ließ sie sich äußerlich nichts anmerken, während sie im Notizbuch einen Vermerk machte, tief Luft holte und zur nächsten Wohnung ging.

Es würde eine lange Nacht werden.

DIE ARBEIT ENTWICKELTE SICH zu einem Traum oder eher einem Albtraum, in dem sie immer und immer wieder das Gleiche tat, durch die Stockwerke des Gebäudes rannte, an Türen klopfte und mehr oder weniger fremde Menschen bat, sie ärmer machen und ihre Lebensumstände verschlechtern zu dürfen. Es sprach sich herum, und manchmal wurde sie im Aufzug neugierig oder sogar feindselig angestarrt. Abdirahim tat nicht einmal mehr so, als wollte er ihr helfen. Sie erzählte Nadifa nichts davon, weil sie nicht alle ihre Sünden der letzten echten Freundin beichten wollte, die sie noch hatte.

Immerhin wurde sie besser darin, ihr Anliegen an der Tür vorzutragen, und fast alle ließen sie hinein und erlaubten ihr, die Veränderungen vorzunehmen. Auch darin machte sie Fortschritte. Mit raschen, geübten Bewegungen setzte sie die Geräte zurück.

Spät am Abend, wenn sie den flüchtigen Schlaf suchte, gestand sie sich ein, dass vermutlich einige Kinder durch das Haus zogen und rückgängig machten, was sie getan hatte – mit stillschweigender Billigung der Erwachsenen, die es hätten besser wissen müssen.

Jedes Mal, wenn sie aus der Reinigung nach Hause fuhr, sah sie sich in der U-Bahn nach Wye um, war dabei aber keineswegs sicher, ob sie sich freuen oder erschrecken würde, wenn sie die Frau tatsächlich sah. Wye war nicht da, doch eines Nachmittags, als sie versuchte, im Vierteljahresabschluss einer Eisdiele die eigenen Fehler auszumerzen, bis ihr die Zahlen vor den Augen verschwammen, zirpte ihr Telefon.

> Ich muss mit dir reden – Wye.

Sie öffnete das kleine Notizbuch und schlug die Apartmentnummern nach. Inzwischen hatte sie mehr als drei Viertel geschafft, und die meisten Mieter hatten sie ihre Arbeit verrichten lassen. Vermutlich machten die Kinder einiges wieder rückgängig, aber vielleicht reichte es aus. Vielleicht hatte Wye sogar einen narrensicheren Trick entdeckt, wie man die Jailbreaks doch noch behalten konnte.

(Nur Narren glaubten an narrensichere Tricks.)

> Um 17.00 Uhr habe ich Feierabend. Ich bin heute auf der Mass Avenue in der Nähe vom Harvard Square.

> Dort können wir uns treffen. 17.15 Uhr an der Kanone im Cambridge Common?

> Okay.

So sehr sie sich dagegen sträubte, in Salima keimte eine törichte Hoffnung. Sie hatte nicht vergessen, mit welcher Begeisterung Wye davon gesprochen hatte, ihnen allen zu helfen, Boulangism zu überlisten. Diese absurde Selbstsicherheit, mit der sie den Anschein erweckt hatte, sie könne die ganze Branche austricksen. Vielleicht konnte sie das wirklich. Nein, sie konnte es natürlich nicht.

Der Sommer war in voller Glut, es war ein heißer und schwüler Tag. So spät im Jahr waren nicht mehr viele Studenten in der Stadt. Mit einem chinesischen Fächer, den sie ein paar Tage vorher bei einem Straßenhändler gekauft hatte, als die Hitze gekommen und die Luftfeuchtigkeit gestiegen war, fächelte sie sich Luft zu. Arizona war heiß gewesen, aber diese Schwüle war erdrückend. Das Gefühl weckte dunkle und verschüttete Erinnerungen an die Überquerung des Mittelmeers, als sie noch ein kleines Kind gewesen war. Durst, Übelkeit, Gestank.

Sie fächelte sich Luft zu und sah sich um, entdeckte Wye aber erst, als diese direkt vor ihr stand. Wye hatte sich das hellblonde Haar leicht rosa gefärbt und wegen der Hitze kurz geschnitten. Sie war auch schmaler und blasser als bei ihrer letzten Begegnung. Die vielen Überstunden, dachte Salima.

»Da bist du ja«, sagte Wye.

»Hallo«, antwortete Salima. »Ja, da bin ich.« Die letzte Begegnung war ihr immer noch peinlich. »Mein Verhalten neulich tut mir leid. Es war nett, dass du mir deine Hilfe angeboten hast, aber …«

»Ja, ich weiß, das Risiko. Das verstehe ich. In gewisser Weise jedenfalls. Ich meine, ich kann nicht wirklich nachvollziehen, was du erlebt hast, aber …« Mit dem Unterarm wischte sie sich den Schweiß von der Stirn. »Ich meine, ich kann es begreifen. Mir tut es auch leid. Und dir sollte es nicht leidtun.« Sie war wirklich sehr freundlich.

»Ich habe alles zurückgesetzt, alle Geräte haben wieder die Werkseinstellungen. Leider will mir niemand helfen, und die Kinder hassen mich dafür.«

»Das ist schlimm.«

»Ja, das ist es.«

»Hör mal, ich wollte mich mit dir treffen, weil bei Boulangism etwas im Gange ist, das dich interessieren könnte. Aber du darfst nicht darüber reden, weil ich es dir überhaupt nicht sagen darf, ohne vorher eine Genehmigung einzuholen. Ist das in Ordnung? Ich meine, kann ich es dir anvertrauen, ohne dass du es weitererzählst?«

Salima nickte. »Natürlich.«

»Also, wir stehen kurz vor der Betriebsaufnahme, und die neuen Eigentümer haben noch zwei Konkurrenten übernommen und alles zusammengeführt, sodass wir jetzt viel größer sind. Sie haben viele Pläne und wollen den Leuten die Jailbreaks tage- oder wochenweise anbieten, damit sie eine Weile alles kochen können, was sie wollen. Sie haben die Foren im Darknet beobachtet und wissen, dass die Leute dort herausgefunden haben, wie man die Geräte knackt. Sie denken jetzt, diese Leute könnten Kunden werden, aber statt für das Essen zu bezahlen, das wir ihnen verkaufen, könnten sie auch dafür bezahlen, dass sie Essen kochen dürfen, das sie anderswo gekauft haben.«

Salima hätte beinahe gelacht. Es war ein Verbrechen, wenn sie so etwas tat, aber wenn man es ihr verkaufte, war es ein Produkt. Alles war ein Produkt.

»Ich weiß, es klingt verrückt. Aber an dieser Stelle kommst du ins Spiel. Sie haben eine Forschungsabteilung eingerichtet, in der Anthropologen, Statistiker und Marketingleute arbeiten, und wollen mit Leuten wie dir reden, um herauszufinden, was du für unterschiedliche Produkte bezahlen würdest. Sie wollen wissen, ob du so ein Paket an die Nachbarn verkaufen würdest, wenn du einen Anteil bekommst, eine Art Provision. Das Modell könnte so aussehen, dass du den Kindern, mit denen du gearbeitet hast, beibringst, wie man die Entsperrung an die Leute in deinem Wohnhaus verkauft. Sie bekommen eine Provision, und du bekommst einen Anteil, weil du sie rekrutiert hast.«

»Ist das ein Schneeballsystem?«

»Es ist ein Affiliate-System. Die Kinder dürfen nicht ihrerseits neue Leute rekrutieren, die unter ihnen arbeiten. Wir wählen die höhere Ebene sorgfältig aus, und nur diese Personen bekommen die doppelte Prämie. Die Gruppenleiter. Bisher ist das nur eine Idee, aber als ich davon hörte, dachte ich sofort an dich. Ich meine, das löst doch alle deine Probleme, oder? Die Kinder arbeiten legal und verdienen sich sogar etwas Taschengeld. Du kannst deine Fähigkeiten sinnvoll einsetzen und gewinnst die Achtung deiner Nachbarn, indem du ihnen hilfst. Obendrein verdienst du auch selbst noch daran. Oh, und du darfst natürlich dauerhaft alles entsperren, was wir anbieten, damit du es den Nachbarn vorführen kannst. Wie gesagt, es ist noch nicht sicher, aber ich dachte, du kommst vielleicht mal vorbei und lernst das Team kennen. Dann können wir über alles reden und etwas vereinbaren ...« Sie unterbrach sich und suchte in Salimas Gesicht irgendeinen Hinweis, wie der Vorschlag ankam. Salima ließ sich nicht das Geringste anmerken.

»Wye«, entgegnete sie schließlich, »es ist wirklich nett, dass du an mich denkst. Wirklich.«

»Aber?«

Salima ließ die Schultern hängen. »Ich weiß nicht. Es gibt ein Aber, ich kann es nur nicht genau auf den Punkt bringen.«

»Es ist schon eine verrückte Idee«, räumte Wye ein. »Das ist mir klar. Vielleicht musst du erst einmal in Ruhe darüber nachdenken. Du musst dich ja nicht jetzt auf der Stelle entscheiden.«

Salima wollte sofort ablehnen, hielt sich aber zurück. Irgendetwas in ihr sträubte sich gegen das

Angebot, während sie andererseits einsah, dass Wye womöglich recht hatte. Vielleicht war dies wirklich der beste Weg.

»Was glaubst du, wie viel Zeit wir noch haben?«

»Bis du dich entscheiden musst?«

Salima hatte Wye als Verbündete betrachtet, die über die beschränkte Welt der Dorchester Towers so empört war wie sie selbst. Doch Wye hatte für Boulangism und die neuen Schwesterfirmen reichlich Überstunden geschoben. Sie glaubte, das Problem sei, dass Salima keinen Ärger bekommen wollte. Das hatte auch Salima gedacht. Das war allerdings gar nicht das Problem. Boulangism selbst war das Problem. Das ganze verkommene Geschäftsmodell war das Problem.

»Bis Boulangism herausfindet, was wir gemacht haben, und uns vor die Tür setzt.«

Wye schüttelte den Kopf. »Hast du nicht zugehört? Das wird nicht passieren. Sie versuchen es jetzt mit dem Zuckerbrot, nicht mit der Peitsche. Sie wollen Leute wie dich als Kunden gewinnen und nicht wie Kriminelle behandeln.«

»Na gut. Aber wann wird es passieren?«

Wye schien verletzt. »Ich weiß es nicht. Sicher schon bald. In ein oder zwei Wochen. Sie versprechen sich viel von dem Verkauf der Entsperrungen, aber sie wollen vorher in Erfahrung bringen, welche Preise sie verlangen können. Deshalb wird es noch eine Weile dauern, bis sie wirklich beginnen. Aber wenn kein Geld hereinkommt, werden die Eigentümer die Gehälter der Leute nicht ewig weiterbezahlen.«

»Zwei Wochen.« Sie konnte die Wohnungen, die sie ausgelassen hatte, erneut aufsuchen und dann noch einmal ganz oben beginnen, um sich abermals nach unten zu arbeiten und den Bewohnern einzuschärfen, dass sie es ihr unbedingt sagen mussten, wenn eines der Kinder wieder an den Geräten herumgespielt hatte.

»Ja. Hör mal, Salima, du solltest das ernsthaft in Betracht ziehen. Es ist ein guter Plan, der allen Beteiligten nur Vorteile bringt.«

»Ich denke darüber nach.« Selbst in ihren eigenen Ohren klang es wenig überzeugend.

Wye schien bestürzter denn je. Salima fühlte sich mies. Die junge Frau hatte doch nur helfen wollen.

»Salima, hast du schon zu Abend gegessen? Ich sterbe fast vor Hunger. Magst du Fisch? Hier in der Nähe gibt es ein wirklich erstaunliches Fischrestaurant. Dorthin laden die Eltern, die zu Besuch kommen, die Studenten ein, damit die Kinder wenigstens einmal im Jahr ein gutes Essen kriegen. Seit ich meinen ersten Gehaltsscheck erhalten habe, wollte ich dort mal hin, aber ich hatte immer so viel zu tun. Kommst du mit? Ich lade ich ein. Ich will nicht allein essen.«

Nein, wollte sie sagen. *Nein, ich muss nach Hause und mich wieder an die Arbeit machen. Nein, ich kann deine freundliche Einladung nicht annehmen, weil du möglicherweise gegen mich aussagen musst. Nein, ich will mich nicht mit jemandem aus deiner Welt anfreunden.*

»Ja«, sagte sie. »Das wäre wirklich schön.« Sie war zu hungrig, um Nein zu sagen, und sie war die überteuerten Mikrowellenfertiggerichte leid.

Sie kam erst nach 22.00 Uhr nach Hause. Es war viel zu spät, um noch irgendwo zu klingeln und ein unangenehmes Gespräch über Küchengeräte zu führen. Erfreulicherweise hatte der Aufzug schnell reagiert, was schon einmal gut war, denn nach der Anstrengung der letzten Wochen und dem Wein am Abend sah sie sich außerstande, die Treppe hochzusteigen oder in der Lobby längere Zeit wach zu bleiben.

Der Aufzug roch nach teurem Haarspray, was ihr verriet, dass vor Kurzem jemand mit ihm gefahren war, der auf der anderen Seite ausgestiegen war, um sich am Abend mit jemandem zu treffen. Oder jemand war zurückgekehrt, löste den Babysitter ab und bereitete sich an einem Ofen, der alles erhitzte, was man hineinsteckte, einen Mitternachtsimbiss zu.

Der Geruch nach Zitrone und Tabak kitzelte noch in der Nase, als sie durch den Flur zu ihrer Wohnung tappte. Erst als sie die Tür öffnen wollte, bemerkte sie die Worte, die jemand mit dickem Permanentmarker daraufgekritzelt hatte: VERPISS

DICH. Es waren große, zornige Buchstaben, die dennoch unsicher wirkten, als hätte sie ein Kind oder jemand geschrieben, der die Sprache gerade erst lernte.

Sie war unendlich müde.

Trotzdem leckte sie die Finger an und rieb über die Tinte. Sie verschmierte nicht einmal. Sie schloss auf und konsultierte die Aufzeichnungen der Türkamera, nur um festzustellen, dass sie absolut nichts zeigten. Komplett gelöscht. Vielleicht hatte wirklich ein Kind die Worte geschrieben. Jemand, der gelernt hatte, wie man im Darknet nach Methoden suchte, um die Technologie zu kontrollieren, die die Menschen kontrollieren sollte. Ein Kind, das wütend war, weil man es gebeten hatte, genau dies zu vergessen und wieder so zu tun, als ließe es sich fügsam kontrollieren.

Würde ein Kind überhaupt auf Kommission arbeiten und auf den Sozialwohnungsstockwerken der Dorchester Towers offizielle Entsperrcodes installieren? Gab es überhaupt genug Geld auf der Welt?

Und wenn es genug gab, wollte sie zu denen gehören, die das Geld benutzten, um ein Kind zu bewegen, seine kompromisslose Wildheit aufzugeben?

Am nächsten Tag würde sie auf dem Rückweg von der Arbeit ein Lösungsmittel kaufen.

AM MORGEN TRAF SIE NADIFA auf der Treppe, die Idil, das ältere Mädchen, vor sich herscheuchte und die kleine Yasmiin auf den Armen trug, während sie sich gleichzeitig mit einem Kinderwagen abmühte. Salima übernahm den Kinderwagen und Idil, sodass Nadifa sich Yasmiin auf die Hüfte setzen und mit der freien Hand nach dem Geländer greifen konnte. Nadifa bedankte sich seufzend.

»Du siehst schrecklich aus«, meinte Nadifa drei Stockwerke tiefer.

»Ich habe nicht gut geschlafen.«

»Du bist auch lange nicht mehr vorbeigekommen. Der Kühlschrank ist voller Retsina.«

Tränen schossen ihr in die Augen, sie blinzelte heftig. Sie hatte Nadifa ebenso vermisst wie die Zeiten, in denen sie vor Vorfreude darauf, das Gebäude auszutricksen, kaum noch an sich halten konnte. Seit sie sich gezwungen gesehen hatte, vorsichtshalber alles wieder in den Ausgangszustand zurückzuversetzen, empfand sie eine unaussprechliche Scham, und schon bei dem bloßen

Gedanken, Nadifa unter die Augen zu treten, war ihr übel geworden.

Trotzdem tat es gut, die Freundin wiederzusehen.

»Das tut mir leid. Es war … schwierig.« Sie schluckte. Dann erzählte sie Nadifa von den Worten auf ihrer Tür, benutzte allerdings in Hörweite der Kinder vorsichtige Umschreibungen. Und sie erwähnte die manipulierten Kameras. Beinahe hätte sie auch erzählt, dass Abdirahim sie im Stich gelassen hatte. Aber nein, sie brauchte eine freundliche Schulter zum Anlehnen, aber keine Vergeltung gegen einen Dreizehnjährigen.

»Wie schrecklich. Ich schau mal vorbei, wenn du von der Arbeit nach Hause kommst, und dann putzen wir es zusammen weg.«

»Schon gut, ich schaffe das schon.« Sie spielte mit dem Gedanken, Nadifa von Wyes Angebot zu erzählen, verzichtete dann aber darauf. Nadifa würde ihr wahrscheinlich raten, das Angebot anzunehmen. Oder sich dagegen aussprechen.

Ihre Arme und der Rücken brannten, als sie im Erdgeschoss ankamen.

»Vielen Dank«, sagte Nadifa, während sie den Kinderwagen auseinanderklappte. »Normalerweise würde ich erst nach der Stoßzeit hinausgehen, aber Idil muss heute Morgen zum Zahnarzt.« Idil strahlte sie an und zeigte ihr die niedlichen Zahnlücken. Nadifa schnallte das Baby in den Kinderwagen und umarmte Salima innig. »Es wird alles gut. Du hast schon viel schlimmere Dinge überstanden. Du bist stark.«

Es war Salima peinlich, dass sie die Nase hochziehen musste, weil der Rotz sonst auf Nadifas Schulter getropft wäre. Nadifa war so freundlich, so zu tun, als hätte sie es nicht bemerkt. Wenigstens dieses bisschen Würde blieb ihr noch.

An diesem Morgen bekam sie keinen Sitzplatz in der U-Bahn, und als sie sich an der Schlaufe festhielt und während der Fahrt hin und her wiegte, ruhte ihr Blick eher zufällig auf der Werbung über ihrem Kopf. Sie war so müde, dass sie nicht einmal scharf sehen konnte, und erst nachdem sie ausgestiegen war, wurde ihr bewusst, dass es eine Werbung von Boulangism war. Die Firma war wieder im Geschäft.

Auf der Rolltreppe ging eine SMS von Wye ein.
> Das Affiliate-Programm hat grünes Licht bekommen. Ich kann dir einen Platz reservieren. Bist du dabei?

Sie markierte die Nachricht als ungelesen, weil sie erst später darauf antworten wollte. Jedes Mal, wenn sie im Laufe des Tages auf den Bildschirm blickte, sah sie die Erinnerung. Es fiel ihr sehr schwer, sich zu konzentrieren. Schon früh machte sie einen Fehler und brauchte eine ganze Stunde, um ihn zu beheben.

Es war kein guter Tag.

»Ich glaube, ich muss mit Abdirahim sprechen.«
Nadifa sah sie verwirrt an. »Dann rede mit ihm.«
Salima ließ den Wein im Glas kreisen. »Das Problem ist, dass er keine große Lust hat, mit mir zu reden. Er ist wütend.«
»Adi! Komm her!«
Mit versteinertem Gesicht kam er aus dem Nebenzimmer. »Ich mache meine Hausaufgaben.«
»Tante Salima möchte mit dir reden.«
»Na gut.« Der Tonfall zeigte überdeutlich, dass er es überhaupt nicht gut fand.
Die Idee, die Kunden für das Entsperren zahlen zu lassen, begriff er sofort. Viel schneller als sie selbst. »Das ist wie mit den Schulbüchern. Ich kann sie in der Schule oder zu Hause lesen, aber wenn ich im Park lernen will, muss ich bezahlen, um sie zu öffnen.«
»Ich wusste gar nicht, dass es so funktioniert.«
Er zuckte mit den Achseln. »Das ist kein Problem, ich will ja nicht im Park lernen.«
Sie erzählte ihm von dem Affiliate-Programm. »Damit könntest du für deine Familie etwas Geld

verdienen und gleichzeitig in der Nachbarschaft helfen. Das gilt auch für deine Freunde.«

»Und Tante Salima würde ebenfalls etwas verdienen«, ergänzte Nadifa. »Dadurch könnte sie sparen und sich eine schönere Wohnung leisten.«

Salima sah Nadifa scharf an. »Wie kommst du darauf, dass ich aus den Dorchester Towers ausziehen will?«

Nadifa schnaubte. »Hier will jeder weg, sobald er es kann. In ein Haus mit einem richtigen Aufzug und vernünftigen Geräten. In ein Haus, wo man dich haben will.«

Nadifa war jeden Tag in ihrer Wohnung gefangen, bis der Ansturm auf den Aufzug nachließ, oder sie musste den Kinderwagen, das Baby und ein kleines Kind vierzig Stockwerke nach unten schleppen. Natürlich wollte sie hier weg. Aber wie sollte das jemals möglich sein? In Somalia hatte sie als Schneiderin gearbeitet, aber sie hatte seit mehr als einem Jahrzehnt nicht mehr in der Nähstube gestanden, und bis Yasmiin zur Ganztagsschule ging, wären es bald zwanzig Jahre. Selbst wenn sie eine passende Arbeit finden konnte, reichte der Lohn einer Schneiderin nicht aus, um in Boston eine normale Miete zu bezahlen und drei Kinder großzuziehen.

Salima ging vorsichtig mit dem Geld um, so vorsichtig wie ein Buchhalter. Sie lebte allein und hatte eine Menge gespart, besonders in der Zeit, als sie alles zubereiten konnte, was sie wollte, und Zutaten statt der Fertiggerichte gekauft hatte. Wenn sie wollte, konnte sie ausziehen und einen Mitbewohner suchen, und wenn sie noch ein oder zwei weitere Klienten für die Buchhaltung fand, konnte sie sich binnen eines Jahres sogar eine eigene Wohnung leisten. Allerdings hatte sie noch nie daran gedacht, die Dorchester Towers zu verlassen. Sie gehörte einfach hierher.

»Ich will gar nicht weggehen. Ich will sehen, wie deine Kinder aufwachsen.«

»Mach dich nicht lächerlich. Wir besuchen dich natürlich. Sobald du hier wegkannst, solltest du es tun.«

Abdirahim sah zu, wie sich die beiden erwachsenen Frauen höflich stritten. Salima fragte sich, wie viel er von dem mitbekam, was sie nicht aussprachen. Sie fragte sich, wie viel sie selbst verstand.

»Es ist nicht richtig, wenn man den Nachbarn Geld abnimmt, nur weil sie ihre eigenen Geräte benutzen wollen«, unterbrach er sie.

Nadifa wollte ihn ermahnen, er solle seiner Tante gegenüber respektvoller sein, doch Salima kam ihr zuvor.

»Glaubst du das wirklich?«

»Natürlich.« Es kam schnell und entschieden heraus. Da gab es keinen Raum für Einwände.

»Warum?«

»Weil es *ihre* Wohnungen sind. Warum sollten sie für etwas zahlen müssen, das sie in ihrer Wohnung benutzen?«

»Ich bin deiner Meinung, aber die Firma würde argumentieren, es liege daran, dass sie eine Wohnung mit niedriger Miete haben, deren Vermieter glaubt, er könne mithilfe der Geräte den Verlust ausgleichen. Es ist eine Abmachung, und dies ist ihr Teil der Abmachung. Sie können woanders mehr Miete bezahlen, wenn sie das wollen.«

»Können wir mehr bezahlen?«

Nadifa runzelte die Stirn. »Erst wenn du das College abgeschlossen und einen guten Job gefunden hast, Adi.«

Er wandte sich an Salima.

»Ich weiß. Ich sage ja nicht, dass ich damit einverstanden bin. Ich zeige nur auf, was sie sagen würden. Es gibt viele Abmachungen, die man eingehen kann, und hier lautet die Abmachung, dass man ihre Produkte nutzen muss, damit sie Geld verdienen, oder man bezahlt, um die Geräte zu entsperren. Sie würden behaupten, dass du nun sogar mehr Entscheidungsmöglichkeiten bekommst, weil du die Sperren aufheben kannst, wenn du bezahlst.«

»Aber diese Möglichkeit haben wir doch schon.«

Sie sah ihn scharf an. »Nein, wir haben sie nicht. Nicht, wenn du eure Geräte auf die Werkseinstellungen zurückgesetzt hast.«

Er machte eine zerknirschte Miene, dann sagte er: »Na gut, wir *hatten* diese Möglichkeit, und wir können sie wieder haben. Kostenlos. Du hast es uns gezeigt.«

Da war wieder die langsame Drehbewegung im Bauch. Er hatte alles entsperrt, alle Geräte in der Wohnung, und man würde sie erwischen. Man würde alle erwischen. Wenn nicht einmal Abdirahim tat, was sie ihm sagte, wer würde es dann noch tun?

Sie holte tief Luft. »Ich erkläre dir nicht, wie ich die Dinge sehe, sondern wie die Firma sie sieht. Sie sagen, dass du diese Möglichkeit nicht hast, sondern dass *sie* über deine Möglichkeiten entscheiden. Sie verkaufen dir die Möglichkeiten. Aber wenn du etwas nimmst, ohne zu bezahlen, ist das Diebstahl. Wie gesagt, das ist das, was *sie* glauben.«

Die Antwort kam schnell. »Du könntest doch deine Geräte ohne Bezahlung freischalten, oder? Warum ist das kein Diebstahl?«

Ein kluger kleiner Junge mit dem Verstand eines Menschen, der immer schnell denken musste. Leider verstand er manchmal etwas falsch. »Weil ich für die Firma arbeiten würde.«

»Gegen deine Nachbarn. Du hast gesagt, du willst nicht ausziehen, weil du hierhergehörst. Aber du wirst behandelt, als wärst du etwas Besseres als wir.« Allmählich regte er sich doch auf. Schließlich war er noch ein Junge. Sie hielt sich zurück und beherrschte sich. Ein rascher Blick zu Nadifa verriet ihr, dass die Freundin sehr nachdenklich war und ganz vergessen hatte, ihren Sohn zu ermahnen, die ältere Frau höflich zu behandeln.

»Ich glaube nicht, dass ich etwas Besseres bin. Die Firma hat einfach nur meine Fähigkeiten erkannt und mir einen Job angeboten. Deine Mutter bekommt Geld, wenn sie jemandem die Kleidung näht. Du würdest übrigens auch etwas bekommen.«

»Von diesen Leuten würde ich kein Geld annehmen.« Er wandte sich an seine Mutter. »Ich muss meine Hausaufgaben machen.«

»Dann mach deine Hausaufgaben.«

Er stand auf und ging in das Nebenzimmer. Die Frauen vermieden es, einander anzusehen. »Was willst du jetzt tun?«, fragte Nadifa.

Salima zuckte mit den Achseln. »Ich muss darüber nachdenken.«

EHE SIE ZU BETT GING, schickte Wye ihr noch zwei weitere Nachrichten, die sie ebenfalls unbeantwortet ließ. Endlich schlief sie zum Summen der Klimaanlage und des Kühlschrankmotors ein.

Als sie sich morgens die Zähne putzte, klingelte das Telefon. Wye. Sie spuckte aus, spülte und ging nicht dran. Es schellte wieder.

Und wieder.

»Hallo?«

»Es tut mir leid, dass ich dich so nerve, aber hier geht es gerade rund. Die Geschäftsführung mag die Affiliate-Idee und will sie voranbringen. Sie haben einen Haufen Software-Leute darauf angesetzt. Nächste Woche wollen sie mit den Vertriebspartnern in acht Ländern an die Öffentlichkeit gehen. Es gibt eine Pressekonferenz und so weiter. Sie mögen deine Geschichte und wollen dich besonders herausstellen. Du würdest für die Publicity-Arbeit sogar Geld bekommen, sozusagen als Ersatz für die verpasste Arbeitszeit. Seit sechs Uhr bin ich im Büro. Anscheinend bin ich hier die Einzige, die jemanden kennt, der einen Jailbreak gemacht hat. Damit gelte ich hier als interne Expertin.« Sie kicherte nervös. »Es tut mir leid, es ist einfach so passiert. Aber wir müssen jetzt den nächsten Schritt tun, und alle warten auf dich.«

Sie wusste nicht, was sie dazu sagen sollte.

»Hallo? Salima?«

»Wye ...«

»Salima, ich weiß, es ist verrückt, aber das löst auf einen Schlag alle Probleme. Sag doch bitte, dass du wenigstens herkommst und mit ihnen redest.«

»Ich muss arbeiten.«

»Wo denn? Wir können auch zu dir kommen.«

Sie fühlte sich, als wäre sie in eine Falle getappt. »Ich arbeite heute zu Hause.« So hielt sie es alle ein oder zwei Wochen, wenn sie Daten abgleichen musste.

»Perfekt! Das ist einfach großartig! Ich schicke dir eine Nachricht, wenn wir wissen, wann wir ankommen, ja?«

»Wye!«

Sie hatte schon aufgelegt.

Nach Wyes Anruf konnte Salima sich überhaupt nicht mehr konzentrieren. Sie hörte, wie die Nachbarn zur Arbeit gingen, dann wanderten die Mütter mit ihren kleinen Kindern durch die Korridore und besuchten sich gegenseitig, während die Kinder Mitleid heischend wissen wollten, wann sie endlich spielen durften.

Auf dem großen Bildschirm verschwammen ihr die Daten vor den Augen und ergaben keinen Sinn mehr. Erst schritt sie in der winzigen Wohnung hin und her, dann auf dem Flur. Das kleine Notizbuch steckte in der Tasche. Dort hatte sie die Nummern der Apartments, das Datum und einige Anmerkungen notiert. Sie hatte viele Wohnungen besucht.

> Ankunft in 15 min, okay?

Sie seufzte.

> Okay.

Schließlich kehrte sie in die Wohnung zurück und wartete, bis sie den Summer hörte. Wenigstens kamen sie nach der morgendlichen Stoßzeit und mussten nicht lange auf den Aufzug warten.

Tatsächlich standen sie wenige Minuten, nachdem Salima auf den Türöffner gedrückt hatte, vor der Tür. Es waren Wye und zwei Männer, einer weiß und einer indischer Abstammung. Beide trugen Boulangism-Schlipse und einen jugendlichen Haarschnitt und zeigten ihr mit makellos geraden Zähnen ein breites, poliertes Lächeln.

»Danke, dass Sie uns empfangen«, begann der Inder. Er hieß Paul, auf der Visitenkarte stand allerdings »Pritpaul«. Genau wie der Weiße (»Rog«) wollte er weder Tee noch Wasser, nur Wye nahm einen Kaffee und sah aufmerksam zu, wie Salima eine Kapsel in die Maschine schob und eine Tasse hineinstellte. Anschließend nahm sie die Kapsel heraus und warf sie weg.

»Schon gut«, antwortete sie. »Es war Wye offenbar sehr wichtig.«

Wye war so anständig, verlegen dreinzuschauen.

Paul bemerkte es nicht. »*Sie* sind ihr sehr wichtig. Wir haben schon viel über Sie gehört, und ehrlich gesagt, gibt es keine bessere Kandidatin für das, was uns vorschwebt. Wir glauben, das könnte eine große Sache werden.« Er hob die Hände und breitete in dem engen Raum die Arme aus, so weit es ging. »Eine sehr große Sache. Das ist gut für uns, gut für Sie und gut für Menschen wie Sie.«

»Für Menschen wie mich?«

»Menschen, die nicht in das Raster passen. Menschen, die es sich nicht leisten können, für alles den vollen Preis zu zahlen, die sich aber manchmal etwas gönnen und bei besonderen Anlässen zusätzliche Funktionen aktivieren wollen. Das ist wirklich das Beste aus beiden Welten. Eine ganz neue Art der Flexibilität. Die früheren Besitzer von Boulangism waren dafür blind, aber wir sind ganz begeistert von der Möglichkeit, nicht gegen unsere Kunden vorzugehen, sondern mit ihnen zusammenzuarbeiten. Wir hoffen, Sie machen dabei mit.«

Nun entstand eine Pause in der Unterhaltung, die Salima nutzen sollte, um etwas Positives zu sagen. Alle wollten, dass sie etwas Positives sagte. Die Unterhaltung sollte eine bestimmte Form bekommen oder eine gewisse Richtung nehmen, und sie sollte ihr nun auf den Rücken klopfen und ihr einen kleinen Schubs in die gewünschte Richtung geben. Die nächste Unterbrechung wäre dann etwas Erfreutes von Paul, Wye oder dem Weißen, und dann wäre wieder sie an der Reihe. Schubsen, schubsen, schubsen, bis das Tempo so hoch war, dass niemand mehr aussteigen konnte.

Es kam ihr zickig vor, sich zu weigern, aber ihr war klar, dass eine positive Äußerung eine Fahrkarte für einen Expresszug wäre, der nicht mehr anhalten würde.

»Das klingt sehr schön, aber ich fürchte, ich bin nicht die Richtige für Sie.«

Wye schien schockiert. Paul und der Weiße saßen einen Moment wie versteinert da und setzten eilig ein Lächeln auf. »Natürlich respektieren wir Ihre Entscheidung, aber ich frage mich, ob Sie uns vielleicht den Grund nennen könnten? Wir haben uns weit aus dem Fenster gelehnt, um hier mit Ihnen zu reden. Vielleicht könnten Sie Ihre Vorbehalte erläutern, damit wir etwas von Ihnen erfahren, das uns bei dem nächsten Treffen hilft, unser Anliegen besser darzustellen?«

Sie verzichtete auf den Hinweis, dass sie nicht um den Besuch gebeten hatte. »Ich fühle mich nicht gut damit. Ihre Idee kann ich verstehen, Sie wollen uns größere Freiheiten verkaufen. Aber das können Sie nur, weil Ihre Geräte uns erst einmal so viele Freiheiten genommen haben. Die verkaufen Sie uns dann zurück.«

»Niemand hat Sie gezwungen, Boulangism zu benutzen. Sie haben sich für ein Produkt entschieden, das gewissen Beschränkungen unterliegt, und zahlen im Gegenzug weniger Miete.«

»Haben Sie einen Toaster von Boulangism?«

»Nein, habe ich nicht.«

»Warum nicht?«

»Weil wir uns für etwas anderes entschieden haben«, erklärte der Weiße. »Wir haben eine andere Abmachung. Das ist doch das Schöne an der Freiheit. Jeder kann das Angebot auswählen, das ihm am ehesten zusagt.«

Salima rang sich ein schmales Lächeln ab. »Sie reden über Wahlmöglichkeiten. Dies hier ist die einzige Wohnung, die ich bekommen konnte, und auch das hat noch Monate gedauert. Wie können Sie das eine Wahlmöglichkeit nennen?«

»Aber vorher haben Sie woanders gewohnt, oder?«

»In einer Flüchtlingsunterkunft.«

»Sie hätten sich entscheiden können, dort zu bleiben, ist das richtig?«

Sie wollte, dass die Leute verschwanden. »Ich glaube nicht, dass man so etwas eine Wahlmöglichkeit nennen kann.«

Er schüttelte den Kopf. »Der springende Punkt ist, dass Sie sich entscheiden konnten, und das konnten Sie nur, weil unsere Geräte es für die Vermieter rentabel machen, Sozialwohnungen zu bauen.«

Sie sagte nichts dazu. Sie wurde wütend, und das mochte sie nicht. Sie wollte diesen Leuten nicht zeigen, dass sie wütend war.

»Wir wollen Menschen wie Ihnen helfen, damit sie mehr vom Leben und mehr Entscheidungsmöglichkeiten haben.«

Was ist mit der Entscheidung, meine Geräte mit einem Jailbreak zu knacken? Sie sprach es nicht aus.

»Ehrlich gesagt, kann ich Ihre Entscheidung nicht nachvollziehen.«

Entscheidungen sind gut, solange ich mich entscheide, euch zu helfen? Auch das behielt sie für sich.

»Können Sie nicht verstehen, dass wir Ihnen helfen wollen?«

Ich verstehe, dass ich Ihnen helfen soll, damit Sie Leuten wie mir mehr Geld abknöpfen können.

Sie sagte immer noch nichts.

»Vielleicht sollten wir gehen«, schlug Wye vor. Im Gegensatz zu den beiden Männern hatte sie erfasst, was in Salima vor sich ging.

»Wir führen doch nur eine freundliche Unterhaltung«, wandte der Weiße ein. »Wir müssen sowieso erst in einer Stunde wieder im Büro sein. Salima, könnten Sie mir nicht erklären, wo das Problem liegt?«

Da entfuhr es ihr: »Ich würde den Nachbarn lieber helfen, Geld zu sparen, statt es auszugeben.«

»Was soll das heißen? Wenn Sie Ihren Toaster entsperren, sparen Sie eine Menge Geld, sofern Sie klug sind, Gemüse auf Vorrat einzukaufen, und genau wissen, was Sie kochen wollen.«

Sie hörte sich sagen: »Wir könnten Geld sparen, wenn wir nicht dafür bezahlen müssten, unsere Toaster zu entsperren.«

»Ich verstehe nicht, was das …«, begann er. »Oh, richtig, ja, aber Sie wissen, was passiert, wenn Sie dabei erwischt werden.«

»Ich würde den Leuten lieber helfen, nicht erwischt zu werden.«

Er schnaubte geringschätzig. »Jeder wird erwischt.«

»Woher wollen Sie das wissen? Die Leute, die Sie nicht erwischen, sind genau die, von deren Existenz Sie überhaupt nichts wissen.« Sie suchte seinen Blick. Jetzt war er wütend, das Gesicht gerötet, in der Stirn pochte ein Äderchen.

»Mag sein, aber das gilt nicht für Sie, junge Dame. Wir wissen nämlich, was hier los ist. Wir haben Sie auf dem Radar. Ich meine, ich hoffe wirklich, dass Ihre Sachen in Ordnung sind, denn wenn hier etwas nicht mit rechten Dingen zugeht, werden wir es feststellen. Wir wissen auch, mit wem wir zuerst reden müssen.«

Wye öffnete den Mund und schloss ihn wieder. Sie sah Salima verlegen an. Auch sie war errötet. Paul stand auf. »Ich glaube, wir sollten jetzt gehen. Danke, dass Sie sich die Zeit genommen haben, Salima.«

Sie sah ihnen nach, und sobald sie draußen waren, öffnete sie leise die Tür und spähte hinaus, als sie den Aufzug riefen. Sie wollte sehen, ob sie mit den Nachbarn sprachen. Nur wenige Augenblicke, nachdem sie auf den Rufknopf gedrückt hatten, ging die Tür auf. Drinnen stand eine verblüffte Frau, die sie noch nie gesehen hatte. Sie trug ein schickes Sommerkostüm, schickes Makeup, eine schicke kleine Frisur. Jemand von der anderen Seite, dessen Aufzugkabine niemals, niemals auf einem Sozialwohnungsstockwerk die Tür öffnen durfte.

Die drei Angestellten von Boulangism nickten der Frau zu, als wäre nichts weiter dabei, und stiegen ein. Als sie sich umdrehten, schenkte Wye ihr einen kurzen Blick, zuckte die Achseln und schnitt eine beredte, verlegene Grimasse. Tat es ihr leid, dass ihre Vorgesetzten sich auf diese Weise geäußert hatten? Bedauerte sie die Drohung? Oder die Tatsache, dass der Aufzug sofort kam, wenn sie ihn riefen, aber nicht bei Salima?

Sie stieg die sechs Etagen zu Nadifas Wohnung hinauf und klingelte.

Im Sekretariat der Schule mussten sie nur ein paar Minuten warten, bis Abdirahim auftauchte. »Mama?« Er schien beunruhigt, und als er auch noch Salima sah, war er völlig verwirrt.

»Komm, wir unterhalten uns im Gehen.« Nadifa warf ihm einen eindringlichen Blick zu, der jede Frage im Keim erstickte. Diesen Blick hatte sie im Laufe der Jahre sicher schon oft eingesetzt, inzwischen aber eine ganze Weile nicht mehr.

Als sie draußen auf der Straße waren und zur Bushaltestelle eilten, sagte Salima: »Wir müssen im Gebäude alle Geräte auf die Werkseinstellungen zurücksetzen.«

Er schüttelte den Kopf. »Ich dachte, das hast du schon gemacht.«

»Ja, und du und deine Freunde haben es wieder rückgängig gemacht.«

Er wollte es abstreiten. Sie ließ ihn nicht zu Wort kommen.

»Abdirahim, ich bin nicht dumm. Ich widerspreche dir nicht einmal. Aber ich habe diese Leute heute abgewiesen und ihnen gesagt, dass ich ihnen nicht helfen werde, die Entsperrcodes an unsere Freunde zu verkaufen. Sie sind wütend auf mich und werden versuchen, mich dafür zu bestrafen. Sie werden uns alle jetzt sehr genau beobachten, und sie arbeiten mit den Eigentümern der Dorchester Towers zusammen.« Das war nur eine Vermutung, die aber sehr einleuchtend klang. Schließlich bekamen die Vermieter einen Teil der Einnahmen, also bestand dort auch eine Geschäftsbeziehung. »Wir müssen alles zurücksetzen, ehe sie uns erwischen.«

Schweigend ging er ein paar Schritte weiter. Dann: »Es wird nicht so bleiben. Inzwischen wissen zu viele Leute, wie man die Jailbreaks durchführt.«

»Das ist mir klar«, stimmte sie zu. »Wir müssen einen besseren Weg finden.«

WYE HATTE VIRTUELLE Maschinen erwähnt. Das war ein wichtiger Hinweis. In den Foren gab es wie üblich auch dazu heftige Auseinandersetzungen, Spekulationen, Beleidigungen, Prahlereien, Spam und hässliche Verwünschungen.

Abdirahim hatte sich widerstrebend Salimas Notizen angesehen und die Wohnungen markiert, die seines Wissens mit Sicherheit geknackte Geräte betrieben. Darunter waren einige, in die man sie nicht hineingelassen hatte. Jetzt arbeiteten sie zusammen, gingen abermals von Tür zu Tür und nahmen zur moralischen Unterstützung manchmal auch Nadifa mit. Auch zu unkultiviert später Stunde klingelten sie noch und arbeiteten, bis sie so müde waren, dass sie dumme Fehler machten. Sie wechselten sich ab, einer kümmerte sich um die Geräte, während der andere den Bewohnern, besonders den mit Kindern, erklärte, wie wichtig es war, vorläufig nichts mehr anzurühren, bis sie eine bessere Lösung gefunden hatten.

Die Suche nach den »virtuellen Maschinen« in den Foren brachte ein wenig Klarheit, doch sie mussten eine Menge über computerwissenschaftliche Theoreme nachlesen, für die ihnen im Grunde sämtliche Grundlagen fehlten. Glücklicherweise gab es auf der Welt noch viele andere Besitzer von Boulangism- und Disher-Geräten, die von virtuellen Maschinen so wenig wie sie selbst verstanden, und verlangten, irgendjemand möge es ihnen doch erklären. Nach und nach konnten sie es sich zusammenreimen. Es half, dass Nadifa, Salima und Abdirahim insgesamt sieben Sprachen lesen konnten.

Anscheinend waren auf der wichtigsten Ebene alle Computer einander sehr ähnlich. Jeder Computer beruhte auf einem gemeinsamen Erbe, seiner »Architektur«, die es ihm erlaubte, alle Programme auszuführen, die in einer Computersprache, als Software, geschrieben waren. Manche Computer waren schneller oder hatten mehr Speicher als andere, manche erwarteten, dass die Anweisungen auf eine bestimmte Art und Weise notiert waren, aber selbst der langsamste Computer konnte das komplizierteste Programm abarbeiten, auch wenn er vielleicht Jahre für eine Aufgabe brauchte, die ein anderer Computer im Nu erledigen konnte.

Man musste nicht einmal den Computercode übersetzen, damit er auf einer anderen Maschine lief. Vielmehr konnte man ein Computerprogramm schreiben, das sich im Grunde selbst wie ein Computer verhielt. Man konnte ein Programm entwickeln, das auf einem Disher lief, seinerseits aber

Boulangism-Programme ausführte. Ja, man konnte dem Geschirrspüler einreden, er sei ein Toaster. Wenn der Toaster im Geschirrspüler den Befehl gab, ein Heizelement einzuschalten oder ein Foto von dem Essen im Innenraum zu machen, um zu prüfen, ob es gar war, konnte der Geschirrspüler, der das Programm laufen ließ, beliebige Daten zurücksenden, und der Toaster würde ihnen blind vertrauen.

Das war eine »virtuelle Maschine«, ein immaterieller Computer innerhalb eines anderen Computers. Und als ob das noch nicht verrückt genug gewesen wäre, konnte man innerhalb eines Boulangism-Geräts eine virtuelle Boulangism-Maschine betreiben, damit der Toaster so tat, als sei er ein ganz anderer Toaster. Salima hielt das für ein albernes Spiel, bis Abdirahim es blitzartig erfasste und ihr erklärte.

»Wenn du einen Toaster mit einem Jailbreak hast, kannst du dort einen virtuellen Toaster laufen lassen. So lässt du die normale Softwareversion mit den Werkseinstellungen im virtuellen Toaster arbeiten. Wenn der Hersteller mit deinem Toaster Verbindung aufnimmt, wird die Kommunikation an den virtuellen Toaster weitergereicht. Der virtuelle Toaster reagiert, als sei er unverändert. Es ist, als hätte man einen feindlichen Soldaten gefangen genommen und von ihm erfahren, was man seinem Befehlshaber sagen muss, damit er nicht misstrauisch wird.« Er rieb sich die Hände.

»Funktioniert das auch?«

Er zuckte mit den Achseln und zeigte auf den Bildschirm. »Sie behaupten, es funktioniert. Aber ganz sicher sind sie nicht. Woher auch?«

»Ich wünschte, ich könnte Wye fragen«, gestand sie. »Sie weiß es bestimmt.«

»Du sagtest doch, sie hätte die virtuellen Maschinen erwähnt …«

»Ja, aber sie hat nur laut nachgedacht. Vielleicht hat sie es sich noch einmal überlegt und festgestellt, dass der Plan nicht funktioniert.«

Er löste den Blick keine Sekunde von dem Bildschirm, auf dem er begeistert die Informationen über virtuelle Maschinen las. »Frag sie doch.«

»Das wäre ihr gegenüber nicht fair.«

»Nichts ist fair.« Er sagte es so beiläufig, dass sie erschrak. So ein kleiner Junge, so ein großer Gedanke.

Schließlich schlug sie sogar Wyes Nummer nach, rief aber nicht an. Stattdessen holte sie ihren Boulangism und half Abdirahim, eine virtuelle Maschine zu installieren. Diese Technik mussten sie sehr gut zu beherrschen lernen.

An dem Tag, als die Firma den Service wieder aufnahm, erwachten die virtuellen Maschinen in den Toastern und den Disher-Geschirrspülern zum Leben und verkündeten das neue, aufregende Angebot, die Geräte freischalten zu lassen. Die Meldungen erschienen in kleinen Fenstern, auf die man tippen musste, um sie zu vergrößern und den Text zu lesen, ehe man sie schließen konnte.

Den ganzen Tag über warteten sie mit angespannten Schultern und waren auf dem Sprung, fuhren sofort auf, wenn jemand klingelte, weil sie damit rechneten, von einer Razzia zu hören oder zu erfahren, dass die Geräte nicht mehr funktionierten, oder dass die Vermieter schon vor der Tür standen und sie zum Auszug aufforderten.

Der Tag verging, der nächste Tag kam, dann noch einer.

Vorsichtig, ein Muskel nach dem anderen, entspannten sie sich.

Salima konnte gut backen. Sie hatte nordisches Brot entdeckt und jeden Morgen vier kleine Kardamomschnecken zubereitet, die sie mit Zimt bestreute. Eine aß sie selbst, die anderen drei schenkte sie, solange sie noch warm waren, den ersten drei Nachbarn, die sie auf dem Weg nach unten auf der Treppe traf. So hinterließ sie einen Duft, der betörender war als das beste Parfüm, dessen Hauch man noch im Aufzug wahrnahm, nachdem ihn jemand auf der anderen Seite verlassen hatte.

Als sie auf das »Ping« ihres Boulangism wartete, kam ein Anruf. Fast hätte sie ihn nicht angenommen – unterdrückte Nummer und so früh am Tag, höchstwahrscheinlich nur Werbung –, doch dann tippte sie mit dem Finger auf den Bildschirm.

»Salima.« Wyes Stimme klang angespannt und etwas atemlos. Salima zog die Schultern hoch, bis die Sehnen straff waren wie die Bespannung eines Tennisschlägers. Irgendwo im Hinterkopf hatte sie die ganze Zeit mit diesem Anruf gerechnet.

»Ja?«

»Die virtuellen Maschinen, die ihr benutzt, können sie nicht mehr täuschen. Sie haben ein Update geschickt, das in virtuellen Maschinen nicht funktioniert. Ich habe gerade dein Gebäude überprüft. Ihr seid jetzt völlig ungeschützt, das können sie nicht übersehen.«

»Oh.« Sie schloss beide Augen. Der Boulangism klingelte und öffnete die Tür. Der Geruch von Zimt, Kardamom und frischem Brot drang heraus. In den Ohren hämmerte der Puls. »Oh.«

»Aber man kann das in Ordnung bringen.«

»Wie denn?«

»Mit der virtuellen Maschine, die ich zum Testen benutze. Sie kann nicht entdeckt werden. Das muss so sein, weil ich sonst im Labor keine Tests durchführen könnte. Ich habe sie komprimiert, und …«

»Nein, Wye.«

»Doch, Salima.«

»Du kannst doch nicht für mich alles aufs Spiel setzen.«

»Wenn ich dir nicht helfe, werden sie auch deine Freunde und Nachbarn erwischen.«

Von dieser Seite hatte Salima es noch nicht betrachtet. Die Menschen in ihrem Gebäude würden auffliegen, wenn Salima ihnen nicht half. Dann wäre ihr Leben zerstört. Salima selbst würde auffliegen, wenn Wye ihr nicht half. Also …

»Ja, Wye.«

Sie lachte tatsächlich, obschon nur leise und verkrampft. »Ich schicke dir die Datei.« Sie nannte eine Darknet-Website, für die Salima einen Zugang besaß. Allerdings hatte sie dies Wye gegenüber nie erwähnt. Sie fragte sich, wie viel Wye über das wusste, was sie in den Wochen seit ihrer letzten Begegnung getan hatte.

Abdirahim war noch nicht zur Schule aufgebrochen. Nadifa zögerte keine Sekunde, als Salima sagte, sie benötigte den ganzen Tag über seine Hilfe. Ihr Notizbuch war abgestoßen und eselsohrig, nachdem sie es so oft von einer Wohnung zur nächsten mitgenommen hatte.

»Vertraust du ihr?«

Sie nickte. »Wenn sie darauf aus wäre, mich in Schwierigkeiten zu bringen, hätte sie einen viel einfacheren Weg finden können.«

Die neue virtuelle Maschine und deren Steuerung waren viel einfacher als alles, was sie aus dem Darknet heruntergeladen hatte. Die Software versteckte sich sehr gut, und man musste die richtige Tastenkombination kennen, damit die normale Anzeige zu der Steuerung der virtuellen Maschine wechselte. Die Kommentare versprachen, dass sie für die Netzwerktools von Boulangism nicht zu entdecken war. Die Installation war einfach, es war kaum mehr als ein Update der Einstellungen, die sowieso schon existierten, aber jetzt am Morgen gingen viele Bewohner zur Arbeit und ließen die Geräte verwundbar für die Schnüffelei der Firma zurück.

Sie überlegten sich ein System. Sie wollte klopfen, den Bewohnern schnell erklären, worum es ging, und dann konnte Adi sich an die Arbeit machen. Inzwischen ging sie schon zur nächsten und übernächsten Tür, redete rasch mit den Leuten und bat sie, die Türen nicht zu versperren. Sobald Adi mit einer Wohnung fertig war, konnte er dank der unverschlossenen Tür gleich anschließend die nächste betreten. Die alten und kranken Menschen und die nicht arbeitenden Mütter waren kein Problem, aber die anderen Bewohner mussten sie erreichen, ehe sie zur Arbeit gingen. So eilte sie von Wohnung zu Wohnung, schaffte fast alle und notierte sich Telefonnummern für die vier, bei denen sie kein Glück gehabt hatte. Dann lief sie die Treppe hinauf zu Adi, wählte unterwegs hektisch die Nummern, erreichte zwei Nachbarn, hinterließ den anderen beiden Nachrichten und kündigte an, sie werde sich noch einmal melden.

Nur gut, dass Wyes Software so elegant und leicht zu installieren war. Salima war völlig erschöpft, Abdirahim hingegen ganz jugendliche Coolness und Tollkühnheit. Mit stolzgeschwellter Brust und einem überlegenen Lächeln auf den Lippen bearbeitete er konzentriert und im Handumdrehen eine Wohnung nach der anderen.

Sie schafften es. Gegen Mittag hatten sie mehr als die Hälfte erledigt. Nun klopften sie bei dem alten Serben an, der darauf bestand, sie mit Erdnussbutter und Keksen zu bewirten. Sie schlangen das Essen hinunter und staunten selbst, wie hungrig sie waren. Da fiel Salima ein, dass sie noch vier Kardamomschnecken im Toaster hatte. Sie rannte los und holte sie, und dann aßen sie jeder eine und überließen die letzte dem Serben. Er lächelte und winkte ihnen nach, als sie über den Flur zur nächsten Wohnung gingen.

Auf der Treppe zum nächsten Stockwerk klingelte Salimas Telefon.

»Nadifa?«

Die Freundin flüsterte aufgeregt. »Die Vermieter klopfen überall an.«

»Wo denn?«

»Sie haben mit dem vierzigsten Stock begonnen. Sie waren gerade bei uns und haben die Geräte inspiziert.« Ihre eigenen Wohnungen hatten sie sich zuerst vorgenommen – teils, weil sie die Prozedur erst einmal lernen mussten, und teilweise auch, weil sie dachten, die Kontrollen würden bei ihnen beginnen.

»Verstehe.«

»Sie haben nichts entdeckt. Was du auch gemacht hast, es funktioniert.«

»Gut.«

»Jetzt steigen sie in den Aufzug.«

»Alles klar.«

Einen Moment lang hörte sie nur noch den Puls in den Ohren pochen. Ihr wurde bewusst, dass sie gedankenverloren das Telefon anstarrte. Abdirahim musterte sie besorgt.

»Wie viele sind es noch?«

Er zückte das verschlissene Notizbuch, in dem sie beide ihre Anmerkungen festgehalten hatten, fuhr mit den Fingern über die Spalten und zählte halblaut.

»Vierundzwanzig«, erklärte er.

Sie schloss die Augen und holte tief Luft. Noch vierundzwanzig Wohnungen. Die Vermieter waren im Aufzug. Ihre Wohnung war nicht zu beanstanden, dorthin würden die Vermieter als Nächstes gehen. Die übrigen Wohnungen waren auf den acht Sozialwohnungsstockwerken verteilt. Vier Stockwerke lagen über ihnen, drei unter ihnen.

Sie nahm Abdirahim das Notizbuch ab, riss die Seiten mit den vier Stockwerken über ihnen heraus, faltete sie zusammen und steckte sie sich in die Gesäßtasche ihrer Jeans. »Du übernimmst die unteren drei«, sagte sie. »Sei vorsichtig. Sieh genau nach, ehe du den Flur betrittst. Die Vermieter dürfen dich nicht entdecken. Und wenn sie dich schnappen, dürfen sie keinesfalls das Notizbuch finden.«

Nun erbleichte er, die jugendliche Tollkühnheit war dahin. Er schluckte vernehmlich und überflog die verbliebenen Seiten im Notizbuch. »In Ordnung.«

»Gut«, sagte sie. Schon drehte er sich um, doch sie hielt ihn noch einmal auf und umarmte ihn innig. »Geh jetzt«, flüsterte sie. Dann drehte sie sich selbst um und sprang die Treppe hinauf.

Eine seltsame Ruhe überkam sie, als sie das nächste Stockwerk erreichte. Hier waren drei unverschlossene Wohnungen, aber niemand, mit dem sie reden musste. Sofort betrat sie die erste Wohnung, sah sich um, suchte die Geräte und verglich sie mit der Liste: eins, zwei, drei. Als sie den USB-Stick hervorholte, fiel ihr ein, dass sie Adi nicht ermahnt hatte, seinen wegzuwerfen, falls es brenzlig wurde, aber so schlau war er hoffentlich selbst. Zuerst nahm sie sich den Toaster vor und hob ihn mit geübten, sparsamen Bewegungen hoch.

Eine Wohnung. Zwei. Drei. Die Treppe. Noch zwei Wohnungen. Hier war jemand zu Hause. Zuerst klingeln, sie fühlte sich nackt und hatte Angst, ein paar Meter entfernt summte es in den Aufzugschächten. Ihr Herz pochte heftig, sie schwitzte unter den Achseln. Den USB-Stick hatte sie so fest gepackt, dass es beinahe wehtat.

Die Frau, die ihr öffnete, war alt, stand aber aufrecht und mit klarem Blick vor ihr. Sie war schmal, runzlig und hatte eine braune Hautfarbe. Salima erinnerte sich, dass die Frau in Damaskus

Kinderärztin gewesen war. Früher hatte sie Geige gespielt, aber weil ihr wegen der Arthritis die Gelenke geschwollen waren, hatte sie es aufgeben müssen.

»Vermieter im Gebäude«, flüsterte Salima und huschte an der Frau vorbei, die zur Seite trat und sie arbeiten ließ. Sobald Salima fertig war, hielt die Frau sie auf und ergriff ihre Hand. Die Finger waren spröde, trocken und krumm.

»Danke«, sagte sie und drückte leicht. Salima spürte den Druck noch auf der eigenen Hand, als sie in den Notizen nachsah und an der nächsten Tür klingelte.

Kaum dass sie geduckt ins Treppenhaus schlich, summte ihr Telefon. Sie sah auf das Display.
> Vermieter im Treppenhaus.
Oh.
Jetzt hörte sie auch die leisen Schritte, den weichen Tritt eines Schuhs. Jemand kam herauf und versuchte, keinen Lärm zu machen. Am anderen Ende der Dorchester Towers gab es eine weitere Treppe, die allerdings mit einer Alarmanlage gesichert war und nur in Notfällen benutzt werden durfte. Die Schritte kamen näher. Sie öffnete die Tür und kehrte auf den Flur zurück.

Sie konnte bei irgendjemandem klopfen und Notizbuch und USB-Stick wegwerfen, ehe die Vermieter kamen. Aber wenn sie nicht fertig wurde, waren sie alle in Gefahr.

Sie und Adi hatten es fast geschafft. Vielleicht noch ein halbes Dutzend Wohnungen. Zu wenige, dachte sie, als dass die Vermieter sie alle wegen Verschwörung hinauswerfen konnten.

Jetzt hörte sie auch die Schritte im Treppenhaus. Sie gaben sich keine Mühe mehr, leise zu sein.

Anscheinend hatten sie gehört, wie sie hinter sich die Tür zugezogen hatte.

Der Aufzug summte. Nun saß sie in der Falle. Sie verschränkte die Arme vor der Brust, stellte sich breitbeinig hin und wartete.

Der Aufzug öffnete sich eher als die Tür des Treppenhauses. Sie drehte sich um und ließ sich nichts anmerken. Eine kühle Maske, das würde sie ihnen jetzt zeigen.

In der Kabine stand Abdirahim.

»Steig ein!«, flüsterte er.

Die Tür schloss sich, der Aufzug setzte sich in Bewegung.

Abdirahim drückte auf den Knopf der Lobby. »Sie sind auch unten im Eingangsbereich. Deshalb können wir nicht dorthin«, erklärte er.

Der Aufzug sauste hinab. Sie fuhren am 34. vorbei, dann waren nur noch Bindestriche zu sehen, während sie die Stockwerke der Vollzahler passierten. In wenigen Sekunden würden sie die Lobby erreichen.

»Adi...«

Lächelnd, mit fliegenden und sicheren Fingern, drückte er rasch nacheinander auf mehrere Tasten der Aufzugsteuerung. Der Aufzug wurde langsamer und hielt an. Die Tür ging auf.

Die *andere* Tür.

Die Tür zu einem Stockwerk, wo die Reichen wohnten.

»Komm schon«, drängte er.

Sie betraten den Flur. Hier lag ein dicker weicher Teppich, rötlich und braun. Die akkuraten Linien, nachdem ein Roboterstaubsauger die Fasern einheitlich umgelegt hatte, waren noch zu sehen.

»Adi…«

Wieder lächelte er. »Einen Tag, nachdem die Sache mit den Aufzugkapitänen vorbei war, habe ich die Aufzüge gehackt. Es war nicht schwer.«

Auf den Sozialwohnungsstockwerken verrieten Anzeigen die Positionen der Kabinen nur dann, wenn diese dort unterwegs waren, wo die Bewohner aussteigen durften. Zwischen dem 41. Stock und dem Penthouse und dem 34. Stock und der Lobby schienen sie zu verschwinden. Jetzt war alles zu sehen. Eine Kabine hielt im 37. und fuhr zum 38. hinauf. Kein Bewohner eines Sozialwohnungsstockwerks würde die Zeit verschwenden und für eine Fahrt von einem einzigen Stockwerk den Aufzug rufen. Es mussten die Vermieter sein, die mit einer Vorrangschaltung den Aufzug sogar direkt zu den Sozialwohnungsstockwerken rufen konnten.

»Und was jetzt?«, fragte sie. Sie versuchte immer noch zu begreifen, was Adi getan hatte.

Er zeigte ihr das Notizbuch und die Häkchen neben den Eintragungen. »Jetzt arbeiten wir deine Liste ab.«

Noch zwei Stockwerke, das 34. und das 35. Sie überließ ihm einen Zettel und behielt einen selbst. Wieder rief er einen Aufzug und drückte rasch auf die Tasten. Erst 34, dann 35.

Als die Tür aufging, rannte er unbesonnen los, ohne sich zu vergewissern, ob die Vermieter schon auf ihn lauerten. Sie war vorsichtiger, als im 35.

die Tür aufging. Behutsam spähte sie um die Ecke, ehe sie in den Korridor trat. Dann rannte auch sie zu der letzten Tür auf ihrer Liste.

> Hier ist eine neue virtuelle Maschine. Das Update wird nächste Woche veröffentlicht. Hast du dadurch genug Zeit?

Salima tippte auf den Bildschirm und antwortete.

> Wyoming, du bist eine sehr schlechte Angestellte.
> Das bin ich wohl.
> Aber du bist eine gute Freundin.
> Das bin ich wohl auch.
> Danke, Wye.
> Gern geschehen.

Salima streckte sich und stand auf. Sie musste sich an die Arbeit machen. Die Eisdiele. Dank des ungewöhnlich warmen Frühlings ging das Eis weg wie verrückt. Es gab eine neue Sorte, die sie sehr mochte: schwarzer Olivenkrokant mit Ziegenkäse. Die verrückteste Eiscreme, die sie je gegessen hatte, aber auch die beste.

Sie sammelte die Kardamomschnecken ein und überprüfte im Spiegel ihre Frisur. Das Telefon summte.

> Schickst du mir bitte das Rezept für die Kardamomschnecken?

Sie tat es und ging zur Arbeit.

Der Autor

Cory Doctorow ist Schriftsteller, Journalist und Internet-Ikone. Mit seinem Blog auf boingboing.net und seinem Kampf für ein faires Copyright hat er weltweit Berühmtheit erlangt. Sein Roman »Little Brother« wurde ein internationaler Bestseller. Doctorow lebt mit seiner Familie in Los Angeles.

»Cory Doctorow erinnert uns daran, dass die Zukunft, für die wir uns entscheiden, auch die ist, in der wir leben werden.«   *Edward Snowden*

Mehr zu Cory Doctorow und seinen Büchern auf:
diezukunft.de»

Cory Doctorow

Die Little Brother-Trilogie

»Spannend, aktuell und aufrüttelnd – Cory Doctorow ist die Stimme der neuen Generation!« *The New York Times*

978-3-453-32167-0

978-3-453-41037-4

978-3-453-32168-7

Nach einem Verhör durch die Homeland-Security stellt Marcus Yallow fest, dass sich San Francisco in einen Überwachungsstaat verwandelt hat. Er schwört sich, die Homeland Security aus seiner Stadt zu vertreiben – ein gefährliches Katz-und-Maus-Spiel beginnt ...

Leseproben unter **www.heyne.de**

HEYNE ‹